上野千鶴子

八ヶ岳南麓から

山と溪谷社

八ヶ岳南麓から

STORIES

イラストレーション 山口はるみ

STORY 1

コロナ疎開の山暮らしで

コロナ禍のもとで季節が一巡した。いや、全国一斉休校要請が始まったのが昨年の2月だから、季節は二巡目に入った。

八ヶ岳南麓にある山の家に「コロナ疎開」してから1年有余。山の家を建てておいて、ほんとうによかったと思う。マンションと建売住宅を転々としてきたわたしには、生まれて初めて建てた注文住宅だった。

30年前、八ヶ岳南麓に定住している友人から「一夏、イギリスで過ごすから家が空く、借りて住まないか」とオファーがあった。ますますきびしさを増す都内の暑さに閉口していたから、わたりに舟と話に乗った。一夏過ごして、すっかりはまった。農家の庭先にある野菜市などで求めた地元の新鮮な野菜をもりもり食べているうちに、一夏で細胞が全部入れかわった気分になった。その夏の終わり、わたしは地元の不動産屋にとびこんでいた。

八ヶ岳には別荘族と定住族とがいる。定住族のなかにも、首都圏の住宅と八ヶ岳の別荘を行き来して、二拠点生活を送っているうちに、軸足がしだいに山のほうへ移って、いつのまにか住民票を移していた、というひともいる。家を提供してくれた友人に、「この辺に家を建てるひとって、どんなひとたちかしら」と訊ねたら、「そうね、首都圏で家を建てるのをあきらめたひとたちね」と答えが返ってきた。なるほど。

友人の家を借りたせいで、おまけがついてきた。友人の友人たちという人脈である。友人とはありがたいもので、いったん信頼関係ができるとそのまた友人を紹介してくれる。そうやって土地を買う前に、地元に定住している人々とお近づきになることができた。彼らはわたしに人脈

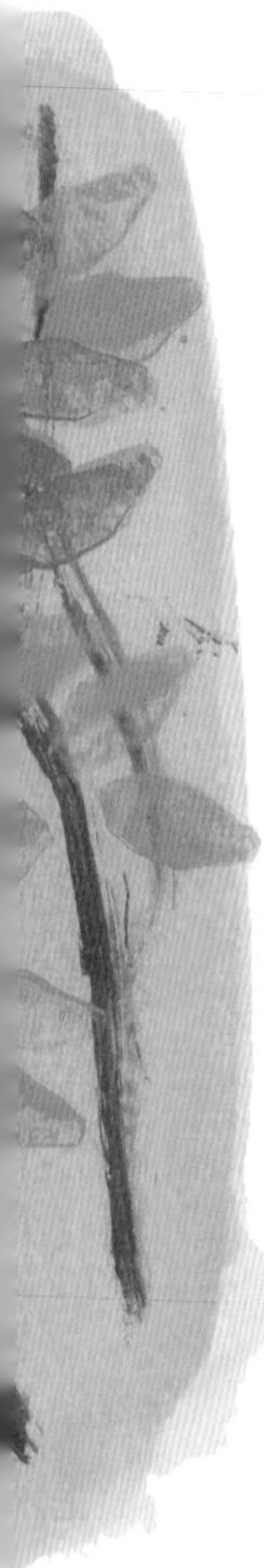

と情報という自分の持っているもっともよきものを提供してくれた。そのおかげで、土地を取得する前にいろんな智恵や情報を得ることができた。冬も住む気なら標高１０００メートルを超さないほうがよい、家庭菜園をしたいなら７００メートルより低いほうがよい、八ヶ岳南麓は大泉小泉といって伏流水の豊かな土地だが湿地は家にわるい、湿地かどうかは植生を見ればわかる、くるみの木の多いところは湿気が多いから避けたほうがよい、等々。建物や設備についても、暖炉より薪ストーブが圧倒的によいとか、吹き抜けの２階があると暖気がすべて上にあがって夜寝るときに暖かいとか。

　建築期間中に何度か現場に足を運んだが、そのときも友人の友人の別荘に寝泊まりした。いつもピシッと片付いていて、キッチンもピカピカに磨いてあるきれい好きのお宅だったので、滞在するたびに来たときよ

りきれいにして帰らねば、とプレッシャーだったが。いまから思えばあんなにきれい好きのひとが、よく鍵をわたして「好きに使っていいわよ」と言ってくれたものだと思う。

大学の教員には長い休みがある。夏休み、冬休み、春休みである。思えばこの仕事についたおかげで、学生時代以来、夏休みのある生活を続けることができた。長期の休みは山の家で過ごすことがあたりまえになった。それまでほとんど毎夏海外に出ていたのに、山の家で過ごすようになってから、めっきり出不精になった。標高1000メートルの山の家は冷房いらず、夜には山の冷気が降りてきてぐっすり眠れた。

その山の家に、コロナ禍が起きてからほぼ定住状態になった。それまで月に2、3回都内から山の家に通っていたのが、反対に月に数回山の家から都内へ通うようになった。緊急事態宣言が出て「都道府県境を越えての移動は自粛してください」と通達が出れば、移動はもっと少なくなった。

この山の家で春夏秋冬の季節の移ろいをじっくり味わう。雪が溶けて山里の春が訪れ、新緑が芽吹いて、いきおいよく夏の緑に変わる。小鳥のさえずりがやがて耳を聾する蟬の声に変わり、気がつけば虫のすだく秋が来ている。目を奪うような色とりどりの紅葉がすっかり葉を落とすと、やがて森が明るくなり、雪の上を小動物が足跡を残して往来する。

コロナ疎開のはじめは、世界中の時間が止まったようで季節の移ろいだけが時を刻んだ。こんなに無為に刻《とき》の経つのをたのしんだことがかつてあっただろうか、と思うほどに。休業要請や自宅待機で、わたしだけでなくすべてのひとの時間が止まったのだから、ひとりだけ取り残されるような焦りを味わうこともなかった。機会がなくなってみればひとに会いたいとも思わず、美食したい気持ちも起きず、賑わいの巷に行きたいとも感じなかった。本と音楽があればそれでじゅうぶん……コロナ禍でたいへんな思いをしたひとたちにはもうしわけないが、山の家は、わたしに至福の時間をくれたのだ。この本はそんなわたしの山暮らしを綴ったものである。

STORY 2

いつのまにか山梨愛に……冬の明るさを求めて

八ヶ岳南麓で土地探しをした結果、標高1000メートルの土地を手に入れた。定住者の友人に立ち会ってもらって、「ここならいい」とお墨付きをもらった。地目《ちもく》は山林。松林が天高く伸びていて、伐採と抜根をして土地を整備しないと家は建たない。そのうえ上水道も下水道も来ていなかったので、井戸を掘り、浄化槽を設置し……あれやこれやのインフラ整備で、土地代は安くても坪単価は数万円上積みされるかっこうになった。都会に家を建てるのとはわけがちがう。

当時の地名は大泉村。大泉小泉と言われるように、八ヶ岳南麓は伏流水の豊富なことで知られ、掘れば水が出ると言われるところだ。井戸掘りの業者さんから、ある日突然職場に電話がかかってきたときには、焦った。地下20メートルのところから水が出たが、水質があまりよくない、もっと深く掘ればいい水が出てくる可能性があるが、ここから先は1メートル掘るごとに単価が増える、続けますかどうしますか、いますぐお返事を、という電話だった。否も応もない。「お願いします」と答えるしかなかった。おかげさまで夏でも冷たく、お茶をおいしく飲める地下水を手に入れることができた。

八ヶ岳には南麓のほかに東麓、西麓がある。北側は八ヶ岳連峰がそのまま霧ヶ峰につながっており、北麓はない。東麓には「日本一標高の高い駅」JR小海《こうみ》線の野辺山《のべやま》駅に近く、セゾングループの西洋環境開発が開発した別荘地があって、セゾンと仕事をしていたわたしは、開発当時から「上野さん、1区画、どうです?」と勧められていたが、当時は別荘暮らしを考えるような余裕がなかった。西麓には別荘地で有名な原村があり、古いだけあって管理がしっかりしていた。長野県は別荘地分譲の規制がきびしく、300坪以下の分譲を禁止していたが、山梨県はほったらかし。50坪からの分譲もあったし、建ぺい率も高さ規制もなし。「どうぞこの土地にお好きなように建物を建ててください」と言われて、口あんぐり。なぜだか「週末は長野にいます」のほうが、「週末は山梨にいます」より、知的に聞こえるような気さえする（笑）。

だが東麓には夕陽がなく、西麓には朝日がない。北に山を背負った南斜面がいちばん住みやすいのか、八ヶ岳南麓には古代遺跡がいくつもある。水と日光のあるところを、古代人も求めたのだろう。ちなみに旧大泉村、現北杜市の標語は「水と緑と太陽のまち」……全部タダのものばかりだ。ほかに自慢するものはないのか、と突っこみたくなる。

土地の定住者たちに、「春夏秋冬、いつがいちばんいいですか？」と訊いてまわったことがある。どのひとも、口をそろえて「冬」という答えが返ってきた。広葉樹の木の葉が落ち、落葉松《からまつ》も針のような葉を落として、森がみるみる明るくなる。雪は降るが足をとられるほどの深さではない。ピリリとした冷気（マイナス20度も経験した）にスコーンと脱けるような青空が拡がる。冬がこんなに明るいのか、というのは、北陸で生まれ育ったわたしには新鮮な驚きだった。なにしろ北陸の冬は1年のうち5カ月間は水平線が翳《かげ》って空と海の区別がつかない鉛色の景色が続くところだからだ。後になってわかったことだが、ここいらは年間日照時間が全国1、2位を争うところだとか。どうりでこのところ太陽光発電のパネルがそこここに設置されて、地元住民とトラブルを起こしているのかと、得心した。

ドイツの大学で教えたとき、学生が和辻哲郎の『風土』を引き合いに出して、亜熱帯モンスーン地帯で台風をしじゅう経験している日本人は「けんかっぱやく、忘れやすい」というのを聞いて、環境決定論なら1年のうち5カ月をどんよりした空の下で暮らすドイツ人は、どいつもこいつもメランコリーかっ、と言いたくなった。

軽井沢は霧の街である。友人が別荘を持っていたので何度か過ごした。霧のなかにわたすげが揺れる光景は、立原道造が描きそうな風情がある。

だが、霧のせいか、軽井沢にある古い別荘はじっとりと暗く、庭も苔むしている。自然のなかの暮らしが、田舎暮らしとはかぎらない。自然のなかにいながらにして都会暮らしができるのが軽井沢の魅力だが、八ヶ岳南麓には陽光があふれ、湿気がない。近所には、材料の木材を乾燥させるために土地を求めて引っ越して来たバイオリン製作者もいる。

そして南をのぞめば富士山が見える。冬の晴れ空にくっきりと姿を見せる銀白の富士山は、息をのむような美しさだ。山梨県の住民は、富士山は南側から見るより北側から見るほうがぜったいに美しい、と主張する。たしかに宝永噴火の火口の凹凸などは、山梨側からは見えない……と、自慢を始めるわたしは、いつのまにか山梨愛に染まっているのだろうか?

STORY 3

花の季節

標高1000メートルの山麓の春は遅い。

雪が溶けたある日、ぽつりとクロッカスが顔を出す。おや、おまえさん、そんなところにいたのかい、という驚きと共に。花壇の隅にはとっくにムスカリが咲いている。あまり手入れをしていない庭のあちこちには、白だの濃紫だの薄紫だの色とりどりのすみれが花をつける。犬ふぐりだって負けていない。タンポポが咲きはじめ、うっかりするとつくしが終わってスギナになっている。少し薹《とう》の立ったつくしを摘んで、年に一度だけ煮物にする。タンポポの若葉も摘んで、サラダに入れると苦みがあっておいしい。

地面ばかりを見ないで視界を上に転じると、ある日、枯れ木だと思っていたこぶしが真っ白な花で覆われる。こぶしは春一番乗りだ。木蓮があとに続く。雪柳が綻《ほころ》び始め、ボケの花が咲き、それから地味な土佐みずきが、そしておいおい山吹と連翹《れんぎょう》の黄色が続く。その後には石楠花《しゃくなげ》が満艦飾の花をびっしりとつける。わが家の庭のハイライトだ。腰丈位のこんもりした枝木が、毎年一回りずつふくらんで、身の丈を越えるサイズに成長した。これも例年の花殻摘みとお礼肥《れいご》えの成果である。

山国の桜は遅い。東京でソメイヨシノが散った後に、山桜の蕾がようやく膨らむ。ソメイヨシノとちがって山桜は葉と花が同時に出る。樹の周囲がほんのり紅色に染まり、全身が微熱を帯びたようになる。そしてある日、はらりと開花している。もともと敷地にあった野生種を、伐採しないでおいてもらった山桜だ。2階建ての建物の背丈を超えて、すんなり空へと枝を伸ばしている。見あげないとわからない。そしてある日、風が吹くと桜吹雪が舞っているのに気がつく。隣家の敷地にはもとからある桜の木が数本、その桜の花吹雪がベランダを覆う頃、写真を撮っては隣家の主人に送ってあげた。毎年春には来るのを楽しみにしておられたのに、病気や不調でめっきり訪問が途絶えていた。

山の家には不定期にしか通わないから、季節を逸することがある。昨年はつくしを食べはぐれた。花の季節のあとは山菜の季節だが、目をつ

けておいたタラの芽は、いつのまにかすっかりなくなっていた。季節にはずれないように出かけたいが、仕事のやりくりもあって、なかなかタイミングが合わない。

桜のシーズンは短い。祇園は円山公園のしだれ桜や、高遠の桜、もちろん地元のわに塚の桜も、清春芸術村の桜も見に行った。一生のうち一度でいいから見たいと願っている桜は、青森県の弘前城の桜。それも花筏《はないかだ》と呼ばれる桜の花びらがお堀の水面を埋め尽くす光景を、この目で見たい。このところ開花予想はだんだん早まっており、あらかじめ予定を立てていても、予定どおりに花が咲いてくれるとは限らない。同世代のオジサマたちがクルマに同乗して、1週間かけて桜前線と共に北上、最終目的地が弘前というドライブツアーをやると聞いて、うらやましさに歯がみした。定年退職者の特権だろう。

でもね、山には山の必殺ワザがあるのだ。あ、出遅れた、と思ったときには、クルマを走らせて、より標高の高いところへ行けばよい。下界が葉桜になった頃に、高い土地ではまだ固い蕾にお目にかかれる。その中間には、標高が上がるにつれ、開花の状態がグラデーションで味わえる。雪が消えたスキー場の跡地まで行けば、まだ木の芽も出ていない早春の趣きだ。ほんの少し、高度を変えるだけで、季節を遡ることもできるし、季節の移ろいをそのまま車窓に味わうこともできる。

山麓の住民には庭自慢が何人もいる。そのおひとりのお宅には手入れのよいお庭の先に、冠雪した純白の富士山がみごとな姿を見せ、春になると地表にはチューリップや水仙が咲き乱れ、生け垣の連翹は咲き誇り、しだれ桜が芝生の庭を彩っていた。こういうときには借景に限る、と陽気のよい春の日には、弁当をつくって「こんにちは」とお邪魔した。「おあがんなさい」といわれるのを、「いえ、お庭を借りにきたんです」と断って、よそのお庭でお弁当を拡げた。同じ食べ物でも、なぜだか外で食べるとおいしい。庭仕事がどのくらい際限なく人手を求めるかは知っていたから、自分でせっせと庭の手入れをするより、ひとさまが丹精したお庭を味わわせていただくに限る。横着なことだが、庭自慢の主は、そんな訪問を歓迎してくれた。

その庭の主も、もうこの世にない。どんなに手入れのよい庭もいったん手が入らなくなると、荒れ果てるのは早い。人手にわたったと聞いたそのお庭のその後は、どうなっただろうか。

STORY 4

ガーデニング派と家庭菜園派

定住族にはガーデニング派と家庭菜園派がいる。簡単にいうと、目で愛でる派と口に入れて食べる派のちがいである。見ているとなぜだかこのふたつは両立しない。ガーデニング派は手入れした自分の庭の一角を菜園にしようという気はなさそうだし、菜園派は本格的になれば地元の農家から農地を借りてまで野菜づくりに勤しむ。移住した夫婦ふたりの暮らしでは、夏場の収穫は消費するに余るから、おすそわけをいただいたりする。土を掘りおこし、畝《うね》をつくり、添え木やマルチを敷いて苗を育てる……菜園の景観と、折々の季節の花を楽しむフラワーガーデンとは、相性が悪いようだ。

わたしはガーデニング派である。というか、であった。というのはあまりの手のかかり方に懲《こ》りて、ほぼ努力を放棄したからだ。菜園はずっと昔にあきらめた。一時期友人と畑を借りて菜園にチャレンジしたが、何しろ2週間に1回ぐらいしか通わない堕農だったので、野菜より雑草の勢いのほうが強く、たまりかねて除草剤を使ったのが痛恨の極み。そのうえ、しろうとのつくった野菜は、トマトもきうりも貧弱な上においしくない。八ヶ岳南麓には、至るところにファーマーズマーケットのような市場があって、出品者の名前のついた野菜を売っている。農家の庭先にも、買った人がおカネを自分で置いて行く無人市もある。食べてみたら、自分のつくった野菜よりはるかにおいしい。プロというのはたいしたものだ、と感心して、張り合わないことにした。

家を建てて数年は、ガーデニングにはまった。ずっと都会のマンション暮らし、土地付きの家に住むなんてめったにないことだったからだ。

以前富山で講演したとき、その後に主催者から色とりどりのチューリップの球根が100球送られてきた。チューリップは富山の名産、地元の人にとっては心づくしだろうが、箱を開けた瞬間、呆然とした。都会のマンション暮らしの人間にチューリップ100球送って、どうしろというのか、百合根みたいに食べろというのか、と。

八ヶ岳でじゅうぶんな土地が手に入った。地元には種苗農家がいくつもあって、5月の連休には大きな箱を持って花苗《はななえ》をまとめて買いに行くのが楽しみになった。だが、実際にガーデニングを始めてみると、あまりの労働のきつさとテマのかかり方に音《ね》を上げた。1年ものの花苗など、毎年毎年植え替えてなんていられない。そのうち知恵をつけてくれるひとがいて、宿根草《しゅっこんそう》を手に入れるようになった。だが、それだって大仕事だ。土地に合う合わないもある。がんばって植えたクリスマスローズは、雑草に覆われていつのまにかなくなったし、北海道の友人からわざわざ送ってもらった鈴蘭の株も消えてしまった。ご近所のお宅のお庭に定着した山野草を株分けしてもらって移植するのがいちばんよいとわかったが、いただいて帰ると庭仕事が待っている。結局のところ、何もしない、のがいちばん、という結論になった。

庭仕事にどのくらいテマヒマがかかるかが、やってみて骨身に沁みたので、よそのお宅のお庭を見ると手のかかり方がわかるようになった。作家の丸山健二さんに『安曇野の白い庭』（新潮文庫）という本があるが、それを読むと丸山さんがどのくらい「自分の庭」に手をかけて、それを「作品」にまで仕立てているかがよくわかる。庭は際限なく人手を求める。そして少し手を抜くとただちに荒れる。

実はわたしの家の庭は、その筋では知られたガーデンデザイナー、中谷耿《こう》一郎《いちろう》さんがデザインしてくれたものだ。森の中に芝生の空間があって、その周囲を端正な桂の木と数本の白樺が取り囲む。春の訪れは、満開の石楠花の花が告げる……はずだった。だが周囲の自然の猛威のほうがはるかに強く、白樺は虫が入って倒壊、花壇は周囲から侵食する熊笹との斗《たたか》いになった。石楠花だけは身長を超える丈に成長して、華麗に春を彩るが、いくら何もしないといっても、それだって手を入れないわけ

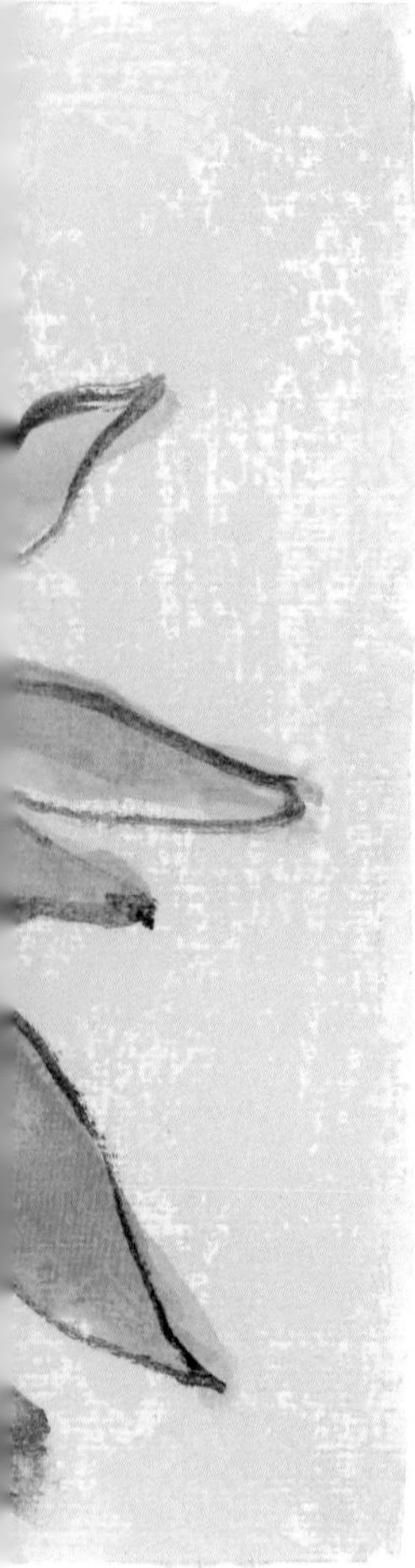

にはいかない。翌年もきれいに咲いてもらうためには、開花が終わった後には花殻をすべて摘み、根の周りにお礼肥えをあげなければならない。背丈を超えるようになった石楠花の花殻摘みは大仕事だ。全部でいくつあるか数え始めたが、５００を超えたところでギブアップした。１０００はくだらないと思う。ブルーベリーだって剪定してやらなければ、どんどん野放図に枝を伸ばす。

　建築系の雑誌にときどき中谷さんの作庭した作品の紹介が出る。ご自分の作品集もある。その中にわが家の庭が載ったことは一度もない。

STORY 5

蛍狩り

年に1回でいいから味わいたい、と思うことがいくつかある。焼き筍に焼き松茸。天然鮎の塩焼き。山菜天ぷら大パーティは、この5月のゴールデンウィークに、東京から客人が来て実現した。毎年これを楽しみにしているひともいる。

食べ物ばかりが並んだが、食えないものもある。

ほんまもんの蛍を1匹でいいから、年に一度、見たい、というものだ。

昔のひとにとってはあたりまえのこんなささやかな望みさえ、近年は叶わなくなった。かつては蚊帳の中に蛍を放して点滅を娯《たの》しむという風流な遊びがあったそうな。都内の某老舗ホテルは、広大な日本庭園に蛍を放して宿泊客に興趣を添えたというが、その何千匹だかの蛍は、業者が捕獲したもの。蛍の発光は生殖行動なのに、卵を産みつける渓流もなく、虚しく朽ちていくしかない。生物虐待に当たるとかで、やがて沙汰止みになったと聞いた。

アメリカにいたとき、林の中をふうわりとんでいく蛍を見たことがある。英語ではfirefly（火の虫）、情緒がない。それに北米大陸の蛍は陸蛍で、水のないところに生息するのだという。まさかこんなところに、と思ったが、それでもなつかしい気持ちがする。

和泉式部にこんな和歌がある。

物おもへば沢の蛍も我が身よりあくがれいずる魂かとぞみる

墓場の燐火は怖いのに、蛍の灯りはやさしく、はかなく、なつかしい。

それを年に一度だけ、それも1匹でいいから、この目で見たい……というのは、そんなに大仰な望みになったのだろうか。偶然蛍に行き逢った年には、ああ、これで今年も蛍の季節を味わえた、とほっとする。

わたしの山の家のある八ヶ岳南麓には蛍狩りのスポットがいくつかある。それを熟知している地元の名人がいる。なにしろ街灯のないまっく

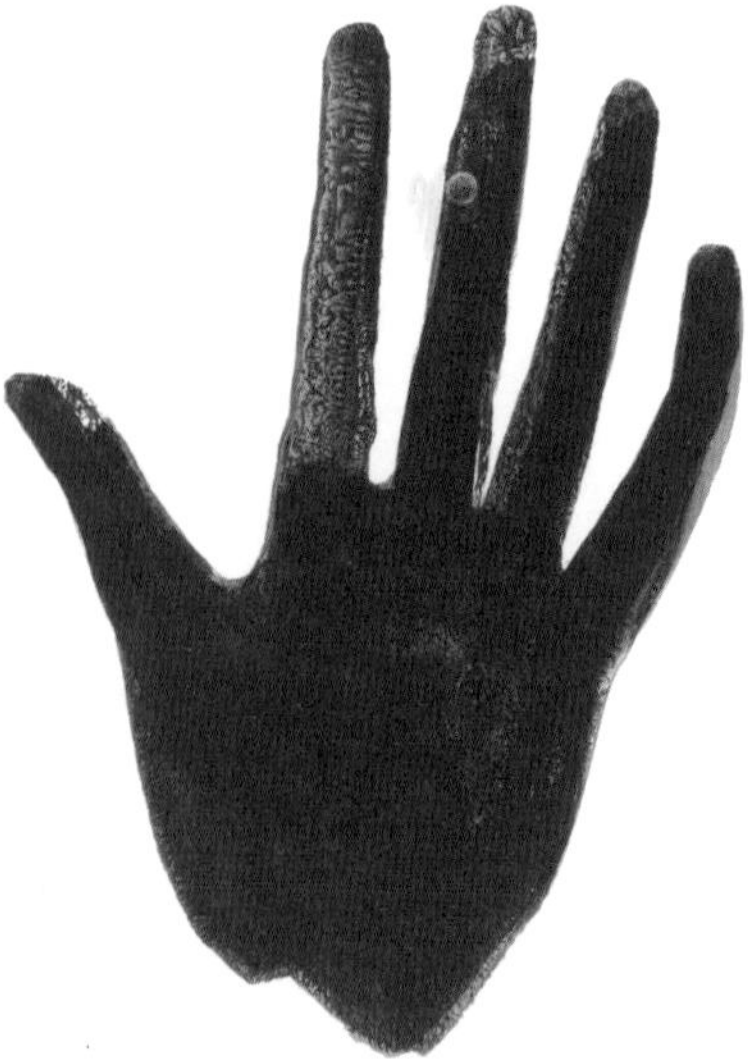

らな田舎道、それも農道をたどって沢沿いのスポットを探し当てるのだから、なみたいていのことではない。毎年誘ってもらって先導車の後をそろそろ付いていくが、いざ自分で行こうとしても二度とふたたび同じ場所にはたどりつけない。ヘッドライトに照らされた農道は狭く、うっかりすると側溝にタイヤを落としかねない。

スポットに着いたら、クルマのライトは消す。まっくらな闇の中でやがて目が慣れてくる。川向こうの藪のなかに、点滅するものが見つかる。じっと見ていると、ふうわりと舞い上がる。ときどきはじっと動かない光もある。あ、蛍だ、と思って見つめていると、遠くの家の灯りだったりする。どうりで動かないはずだ。

時間が経つにつれて、もっとたくさんの光が目に入ってくるようになる。あ、そこにも、ここにも、と。子どものように追いかけて走りたいが、道から落ちそうなので、やめる。そのうち手が届く近さの草葉に、点滅している光が目に入る。業者に簡単に捕獲されるほど、蛍は見てみて、追いかけてきて、というように存在が目立つし、わたしの手につかまるほど動きが緩慢だ。手のひらにとじこめて見つめると、指のあいだから点滅する光が漏れる。家に持ちかえって寝室に放そうか、と一瞬思うが、そんな邪念は捨てて、元にもどしてやる。手のひらから飛び立って手の届かない高みへと飛んで行く蛍は、この世からいなくなったあのひと、このひとのようだ。魂の存在など信じない不信心者のわたしにしてからが、古代人のように神妙な気持ちになる。

これまでの人生での蛍狩りの圧巻は、京都北郊、清滝川での蛍の乱舞だった。川面を埋め尽くす光の饗宴に目を奪われた。目が慣れてくるにつれて数が増えていく。いつまで見ていても飽きない。この光景を求めて、暗くなってからクルマを北に走らせる。名所スポットを知っているのか、人出も多い。だが、昼の観光地とちがって、どのひとも静かだ。蛍の季節は梅雨時に当たるので、空はたいがい曇っているが、幸運なら上空を見あげたときに、蛍にまさるとも劣らない星空の大円舞が見られる。蛍と星の競演である。

あんな豪華な蛍狩りはもう二度と経験できないだろう。これまでの蛍狩りの名所だって、環境の変化でどんどん蛍が減っていると聞いた。あの蛍の乱舞でなくてもいい、たった1匹、年に一度、なま蛍にどこかで出会えないものだろうか？　そうすれば今年もきちんと過ぎていく、という気分になれるのに。

梅雨が明けると蛍の季節も終わる。ある日ふっと、あ、遅い、と気がつく。今年も蛍の季節を逃してしまった、と。

わたしを蛍狩りに案内してくれた名人は、すでにこの世にいない。

STORY 6

冷房と暖房

「家は夏を以て旨《むね》とすべし、冬はいかようにても過ぐべし」

これは古来、日本の住宅建築の訓《おし》えである。亜熱帯の暑さになる日本の夏は、すっぱだかになってもしのぎにくい。したがって軒先を深くしたり、風通しをよくしたりする。代わって冬は隙間風が吹き込むようなところでも、たくさん着込みさえすればなんとかなると思われてきた。

八ヶ岳南麓は標高1000メートルを超えれば暑さ知らず。日中は気温が上がっても朝晩は涼しく、わけても夏の夜に北窓から入ってくる山からの冷気は、ふとんをかぶらなければならないほどだ。冷房が苦手なわたしには、夏場の安眠が確保できるのはうれしい。とはいえ、八ヶ岳南麓でも数年前から夏場の気温が30度を超す日が年に数日続くようになった。音を上げてついにエアコンを入れてもらった。稼働するのは夏に数日のことだが、それでもエアコンが必要になるほど地球の温暖化が進んだのか、と体感することになった。

他方、冬場の寒さはハンパでない。標高1400メートルを超えると「冬場はきついですよぉ」と警告されたので、わたしの山の家はちょうど1000メートル。さて、暖房対策はどうしよう、というのが課題だった。

家を建てるときに冬の対策を考えるかどうかが、別荘族と定住族のちがいである。別荘族は冬場のことなど考えない。だいたい5月の連休に始まり、11月には水抜きをして帰る。クルマも四駆やスタッドレスタイヤなど装備しないし、雪道や凍結路を走ることを考えてもいない。冬がこんなにきれいなのになあ……もったいない、という気がする。

定住族のなかには、暖房対策を考えぬいた人たちが多い。パッシブソーラーハウスで省エネをはかったひともいるし、スウェーデンハウスのように断熱をがっちりしこんだ家もある。だいたい北国の住民のほうが寒さ対策にはつよく、一歩家の中に入ると北海道の家は暖かい。スウェーデンハウスも見に行ったが、天井が低いのと坪単価が高いのであきらめた。代わりにツーバイフォーの輸入住宅、できるだけ凹凸のないシンプルなつくりにして断熱材を仕込み、内部空間は広くとった。窓ガラスは当然、結露しない二重ガラス。あとから三重ガラスがあると知ったが、遅かった。こんな寒い土地で吹き抜けの空間など、と言われたが、2階の天井まで届く吹き抜けのリビングをつくって正解だった。家全体がワンボックスになっているので、家中が暖かくなる。それだけではない。吹き抜けの壁の上部に採光のための窓をつけておいたら、室内がすばらしく明るくなった。天井の低いお宅に伺うと、昼間からライトをつけているおうちが多いが、これで日中はライトいらずになった。自然光で一日中明るい家は気持ちよい。とりわけ南からの日射しが深く差し込む冬場は、日中は暖房いらずの暖かさになる。

山暮らしのよさは薪ストーブが使えることだ。薪ストーブの威力は、すでに定住していた人たちから聞いて知っていた。そのうえ、なんといってもストーブの上ではクッキングができる！　いつもお湯がしゅんしゅん沸いているだけでも幸せな気分だし、冬場はこの上でシチューや煮物だけでなく、花豆を煮るのが楽しみになった。紫花豆は八ヶ岳山麓が名産地。高地のメキシコシティから持ちかえった圧力鍋で、花豆を何度も炊いているうち、得意料理になった。

だが、薪ストーブだけに頼るわけにいかない。なにしろおそろしく手間のかかるめんどうな子なのだ、薪ストーブってやつは。最初の着火にもコツがいるし、いったん燃えだしたら目が離せない。気がつくと消えかけていることもある。それに薪を用意するのが一苦労。寒い中を屋外の薪小屋まで取りに行くのも難儀だ。歳をとるとますますつらくなるだろう。

というわけで全室にＦＦ式温風ヒーターを設置した。これだと室温管

理もできるし、タイマーもつけられる。エネルギー源は灯油、ガス、電気とあるが、コストを考えて灯油に。200リットルの外付けタンクをつけたから、しょっちゅうとりかえなくてすむ。FF式だから、室内の空気も汚れない。とはいえ、そのうち石油が入らなくなったらどうしよう。その前にガソリンエンジンのクルマが動かなくなるから、心配してもしようがないか。クルマを見ていると、「乗用車ガソリンなければタダの箱」といいたくなる。

STORY 7

上水と下水

八ヶ岳山麓で購入した土地の地目は山林である。

都会で家を建てるのとちがって、当然、上水も下水もない。水道は近くまで来ていたが家まで引こうと思えば1メートルいくら、とコストがかかる。何戸かまとまればコストを分担することもできるが、一戸だけでは負担が重すぎる。それで井戸を掘ることにした。

八ヶ岳南麓は豊かな伏流水で知られる。近くには観光名所、日本名水百選にも選ばれた「三《さん》分《ぶ》一《いち》湧水《ゆうすい》」もある。武田信玄が農民の水争いを調停するために、用水を分割したといういわれのあるところだ。豊かな水を採取した製氷工場もあるし、ウィスキーの醸造場もある。掘ればどこでも水が出るし、もっと深く掘れば温泉になる。伏流水が地下のマグマであたたまって温水になるからだ。ただしそのためには1000メートル以上掘らなければならない。地球の内部が暖かいことを実感させる事実だ。

水は豊富だが、代わりに気をつけなければならないのが湿気だ。谷筋や川の側は避けたほうがよい。冬は冷気が流れるだけでなく、湿気が多いからだ。土地探しにはすでに友人になっていた地元のひとたちがアドバイスをくれた。結局傾斜のゆるやかな水はけのよい土地を選んだ。さんざん忠告を受けたから、基礎工事はがっちりして家を地表から離した。2階建てだが実質3階建ての高さがある。地面に密着して家を建てた別荘族の家には、雨のシーズンに畳の部屋にびっしり青カビが生えた。部屋の畳を全部上げて、呆然としていた主を思い出す。

掘削業者に頼んで掘ってもらったら、地下数メートルで水が出た。だ

が水質がいまいちというので、これ以上掘りますか、ここからだと1メートルあたりいくら、単価が高くなりますがそれでもいいですかと訊かれて否も応もなかったことはすでに書いた。結局50メートル近く掘って、良質の水を手に入れることができた。地元の水質検査場に持っていったら、雑菌もなく衛生的で飲料水に適すると保証を受けた。この水で淹れるとお茶もコーヒーもおいしい。一時は東京までペットボトルで水を持ちかえった。それに井戸水だから夏冷たく、冬温かい。蕎麦を締めるにも、そうめんを冷やすにもよい。この水でお風呂もじゃぶじゃぶ入れるし、台所の洗い物もする。もったいない気がするくらいだ。かかるコストは井戸のくみ上げポンプの電気代ぐらいだ。

上水があれば下水もいる。もちろん下水道もついていない。都会とはわけがちがう。浄化槽を掘ってもらい、浄化装置をつけたが、その後は浸透枡に溜めて自然に地中に放出するのだという。これには驚いた。たしかに浄化槽にはバクテリアを入れて雑菌を分解し、きれいにしてから透過するというのだが、自分の土地とはいえおしっこうんちの流れた水をそのまま土地に浸透させてよいものか。ゆるい傾斜地だからわが家の下水が井戸に入る可能性はないが、うちより低い土地に住んでいるひとたちのところには届くだろうか。反対に、うちより高い土地に住んでいるひとたちの下水は、まわりまわってわが家の井戸にも届いているのだろうか。水は土に濾過されるあいだに不純物が除去され、さらに雑菌も分解されてきれいになると学んで知っていたが、アタマではわかっても……こんなことは、初めて考えた。井戸を50メートル以上の深さに掘っておいてよかった。

人も家もその内外を水が流れる。水なしでは一日たりともやっていけない。入ったものは出さなければならない。古代の都市遺跡にも上水と下水がある。だが目に入らないものは、忘れていられる。アンジェイ・ワイダをいちやく有名にした映画「地下水道」では、主人公がワルシャワの下水道を逃げ回る。画面には出てこないが、そこには汚水の臭いがあったはずだ。

その浄化槽が壊れた。業者に来てもらって点検すると、かろうじて浄化装置は動いていたが、浄化槽の排水口がふさがって水面が上がり、排水があふれていた。あわてて清掃してもらったが、時すでに遅し。長きにわたって浄化槽のメンテナンスをしていなかったことがわかった。結局浄化装置をとりかえ、浸透枡も新しくつくりかえることになった。

それ以前に、井戸のくみ上げポンプにも不具合が起きて、とりかえてもらっていた。20年も経つと機械の耐用年数が尽きるだけでなく、修理しようにも部品がなくなるという。結局新品にとりかえるしかなかった。水はタダ、と思っていたが、設備投資を考えるとけっこう高くつく。山暮らしはラクではない。

STORY 8

虫との闘い

建築雑誌に出てくる開口部の大きな家や、家の内と外がつながった開放的な建物を見ると、そこに写っていないものを想像する癖がついた。虫である。八ヶ岳の山の家の暮らしは、虫との闘いだ。わたしの家にもベランダに通じる大きなガラスの扉があるが、網戸が入っている。無粋なと言われようが、とくに夏ははずせない。

スコットランドの湖水地方でキャンプをしたときに、雲霞《うんか》のような小さなブヨに悩まされた。ミッジと言っただろうか。夕方から出てくる。

緯度の高い地方では長い夕刻を屋外で過ごすのが楽しみのひとつなのに、とても外にはいられない。顔と言わず手と言わず、露出したところには容赦なく襲いかかってくる。油断すると目のなかにも入る。刺された痕ははれあがって、かゆみがハンパでない。北極地方やアラスカにもこの細かいブヨの集団がいる。冒険家の極地地方でのテント写真を見ると、どんなに虫に悩まされただろうな、写真には写っていないけど……と思ってしまう。

朝と日中はよい。夏場だと日が翳る頃から散歩に出かけるのは気持ちのよいものだが、長袖の衣服が必須だ。蚊柱がお供についてくる。夕方から庭でバーベキューなどしようとしたら、虫刺されを覚悟しなければならない。虫除けスプレーなしには過ごせないが、それだってどれだけ効果があるものか。こういうことは山暮らしを勧める雑誌には載っていない。

暗くなって室内に灯りを灯すと、それを慕っておびただしい蛾が集まってくる。カーテンを閉めてもムダだ。もれた灯りを求めて、大きいのや小さいの、無数の蛾がガラス窓に体当たりする、ガツンカツンという音がする。

大きな窓には大量の蛾が寄ってくるので、その窓近くに虫を誘いこむ室内光より明るい誘蛾灯《ゆうがとう》をつけてはどうか、と工務店のオジサンから提案を受けた。誘蛾灯とはよく名づけたものだ。より明るい光を求めて、窓から去ってくれるだろうというシカケである。提案は二択。殺虫効果のついたものとつかないもの。殺虫効果のあるものは、灯りに虫が激突すると、ジュッと音がして焼き殺される。その音を聴くのがおそろしくて、気の弱いわたしは殺虫効果のないほうを選んだ。つけてはみたが、蛾を誘い込む効果はなく、あいかわらずおびただしい蛾が大きなピクチャーウィンドウに激突する音がする。もちろんその後に、飛んだ鱗粉の汚れが窓ガラスにへばりつく。はめころしのピクチャーウィンドウは開放的でキモチいいが、天井まで届く高さの窓ガラスを外から磨くなんて、どうやったらいいのか。そんなことも、家を建てる前には考えてもいなかった。

誘蛾灯にはそこに集まる虫を狙ってカエルが集まる。カエルを狙ってきっと蛇も来ていることだろう。自然界の食物連鎖が目の前にくりひろげられる。

八ヶ岳南麓には何年かに一度、虫の大発生が起きる。数年前のヤスデの大行進には心底震え上がった。道路という道路、側溝という側溝を体長10センチ以上はあるヤスデが覆い尽くし、避けてとおることもできず、クルマで通れば轢いて進むしかなかった。つぶれたヤスデからは脂が滲み出る。家の中に入ってこないように、祈るばかりだった。

ある年は毛虫が大発生した。ブルーベリーの若葉がほぼ食い尽くされた。割り箸で駆除しようとしたがきりがない。

暖かくなると蟻の行軍が室内に入ってくる。ハチミツのポットに黒いつぶつぶがびっしりまとわりついているのを見てぎょっとした。庭からこんなに距離があるのに、どうやって見つけるのだろう。まったく油断も隙もない。白蟻だって大敵だ。

寒くなるとぴょんぴょん虫（カマドウマというのだろうか）が地下室

を埋め尽くす。暖を求めて外から侵入してくるのだろう。こいつは死骸が乾燥しているので片付けやすいが、何度やっても掃除機のゴミポットがいっぱいになる。

あ、もうひとつ怖ろしい生きものを忘れていた。アシナガバチである。刺されたらショック死することもある。知らないうちに軒下に大きな巣をつくられていて、電気工事に来た人が見つけてくれた。芸術品のようなみごとな巣だったが、放っておくわけにいかない。しろうとが手を出すこともできず、これは業者さんに駆除を頼んだ。

八ヶ岳南麓には国蝶のオオムラサキがいて、お庭を訪問してくれるし、晩夏には赤とんぼがベランダを彩ってくれるが、人間につごうのよい虫ばかりではない。自然の中で暮らす、とはこういう生きものたちと共存するということだ。家を建てる前には、誰も教えてくれなかった。

STORY 9

八ヶ岳鹿事情

八ヶ岳の住まいは「鹿野苑」と名付けた。「しかのえん」と読む人もいるが、正しくは「ろくやおん」と読む。釈迦牟尼《しゃかむに》が悟りを開いたあと仏法を説いたインドの林園の名である。もとより信心などないから、理由はただひとつ、実際に鹿が出没するからである。勝手に名付けたのだから、もちろん地番地名にはない。住所に「鹿野苑内」とあると、どこかの宗教系の高齢者施設に入っているかと思う人もいるようだが、そんなことはない。鹿野苑にちなんで、木工がお得意な定住族のオジサマが、白樺の丸太を組み合わせて白い鹿をつくってくださった。入口に白い鹿を置いて、そこを曲がってお入りください、と来訪者には伝えるが、その白い鹿も年月を経て、朽ちてしまった。

林のなかに開かれた空地は、鹿の一団にとってはかっこうの通路になるらしくて、庭に踏み跡ができる。鹿の生態は知っていた。牡のリーダーが複数の牝を伴って、家族で移動する。もう少し正確にいうと、牝の集団がつくっている縄張りのあいだを、牡が移動する。許された牡だけが、牝の集団に入ることができる。だから牝が牡を選ぶ母系家族なのだ。縄張りのなかを移動するときには、ひときわりっぱな大鹿の周りに、オトナの鹿が数匹、それに子鹿がついて歩く。1頭で行動することはまずない。仕事場の窓から鹿が目に入るときには、手を休めて見入る。1頭のあとには、かならず複数の鹿があらわれるから、待っていると鹿の一群がときにはゆっくり、またあるときには、飛び跳ねて蹄の音を響かせながら、目の前を横切っていく。大きな鹿はアタマを挙げて、周囲を警戒している。リーダーの役目を果たしているのだろう。まれに目が合うことがある。野生の生きものはうつくしい。とりわけ、鹿の目はうつくしい。とばかりも言っていられないのが、鹿事情である。夜間にクルマで帰ってくると、道で行き遭うことがある。ライトに照らされても逃げない。鹿の両目が赤く光る。まちがってぶつかったりしたら、先方も迷惑だが、クルマも大破するだろう。だから林の中の道に入ったら、スピードを落としてそろそろ走る。そして鹿が身を翻して林のあいだに駆け込むのをじっと待つしかない。

　地元で農業をやっているひとたちは、はっきり鹿を害獣と呼んで、顔をしかめる。八ヶ岳南麓では山林が削られたせいか、鹿が山から標高の低い里に降りてきて、しかも頭数が増えているとか。野菜をつくっていると、鹿に食べられる。そのせいで菜園には鹿除けのフェンスをはりめぐらせたところが多い。無粋だが、収穫のためにはしかたがないのだ。

一部は禁猟区になっていないので、鹿を射撃して間引きしているところもあるという。林の中を散歩中に散弾銃に撃たれたりしたらえらいことだ。

鹿野苑も鹿の被害にあった。冬になると食物が減るのか、木の皮を剝いで食べる。ちょうど鹿のアタマが届くくらいの高さの木の皮がべろりと1周分剝がされていると、鹿のせいだとすぐにわかる。一部でも樹皮を剝がれた木は、水の吸い上げが悪くなって、枯れる。ほんとに困りものだ。それに春先になるとやわらかい新芽を食べていく。庭にあった萱《かん》草《ぞう》は、夏に鮮やかなオレンジ色の花を咲かせてくれていたが、この若芽を食べ尽くす。たしかに萱草はおひたしにして食べるほどの山菜だから、そりゃ人間でなくてもおいしいのだと思う。ようやく増えてきた萱草の一群れが若い葉先を見せた頃、すってんてんに食べ尽くされたときには、さすがに鹿に怒りが湧いた。

鹿のほかにも猪も、狸も、狐も、ハクビシンもいる。猪は植えた芋を掘り返して食べていく。わが家では大事に植えたカサブランカの球根を掘り返して食べられた。百合根は高級食材、人間が食べてうまいものをよく知っているなあ、と感心する。食べたのはもぐらかもしれない。もぐらがつくった地下道の工事跡の泥の山が、こんもりとあちらこちらに残っている。

野生化した迷い猫もいる。床下にいることがわかっているのだが、おそろしく敏捷で決して近づいてこない。家で肉や魚を食べたときには、その残り物を器に入れて外に出しておくと、朝までにはなくなっているので、食べた形跡がある。ハクビシンや狸と競合しているかもしれない。なんだか生き延びてくれよ、という気持ちになっていつのまにか「ウチの子」じゃなくて「ソトの子」と名前がついた。宴会のあとには、「ソトの子に餌をやってくるね」と言って、残りものを屋外に持って出るのが習慣になった。

というわけで、かわいいだけではないのが野生動物だ。先方にしてみれば、自分たちのほうが先住民。あとから来た人間たちに迷惑をしているのは、彼らのほうだろう。

STORY 10

夏の超簡単クッキング

八ヶ岳に夏が来る。

夏は食材の宝庫だ。八ヶ岳南麓は米や蕎麦のほかに、多種多様な野菜や果物が豊富にとれる。水が豊かで日照時間が長く、高地気候なので朝夕の寒暖の差が大きい。これで食べ物がおいしくならないはずがない。

ここ八ヶ岳にも観光地らしいしゃれたレストランが増えたが、山の家に滞在中にはほとんど外食しない。家で料理をして食べるのが楽しみに

なっているので、外に出るのがもったいないのだ。友人のあいだには、食べるのも食べさせるのも好きなひとたちがいて、そういうひとたちが食事に招いてくださる。わたしだってお返しにお招きすることもある。

新鮮な食材を食べているうちに、調理法が次第にシンプルになった。ここでは夏を乗り切るとっておきのレシピを。超簡単クッキングなので、あっけにとられるかもしれない。

山梨県は果物王国。初夏から秋にかけてさくらんぼ、桃、ぶどう、りんご……と次々に出番を待っている。わけても山梨は桃の大産地。地元のひとは産毛の生えた固い桃を剝かずにかじるのが好み、と聞いたが、これはちょっとかんべん。桃の名産地、新府《しんぷ》には選果場があって朝早くから地方発送を受け付けたり、はね桃を安い値段で放出してくれる。それを知っている地元のひとたちは朝早くから列に並ぶ。わたしも年に1回だけ選果場まで出かけて、地元の桃をお世話になった方たちに発送するのが習慣になった。

さて、ありあまる桃を前にしてどうするか？　ジャムやコンポートにするのは定番だが、わたしがはまっているのは桃の冷製ポタージュだ。熟れた桃をざくざく切って、ヨーグルトと牛乳を入れてミキサーでがーっ。これで終わり。塩も砂糖もスパイスも入れない。プロの料理人ならここで生クリームを、とか言いそうだが、そんなめんどうなことはしない。とろーり薄桃色に染まったポタージュを朝昼晩、前菜にいただく。うーん、夏だあ、と至福のひととき。毎日食べても飽きないし、桃の品種が変わるごとに甘みも香りも色合いも変わる。

ふたつめの超簡単クッキングが、冷製コーンポタージュ。鮮度のよいとうもろこしなら生でもよい。蒸してこそげて冷凍しておく。適宜とりだして、こちらも牛乳を入れてミキサーでがーっ。終わり。これも塩も胡椒もブイヨンもいらない。とうもろこしの甘みとうっすら黄色に染まったポタージュのおいしいことと言ったら！　こちらもとうもろこしがとれる季節には毎日のように食べても飽きない。最近はブランドものの糖度の高いとうもろこしが出回っているが、なに、新鮮ならその辺のとうもろこしは何でもよい。品種改良が進んで当たりハズレがなくなった。

どちらも濃度がかんじん。素材をけちらずにとろーり感を出すぐらい大胆に投入する。

あとふたつ、とっておきのレシピを。これも超簡単クッキング、というより、クッキングと言ってよいかどうかもわからない。

八ヶ岳東麓につながる長野県の川上村は全国有数のレタスの産地。レタスはかさばって沢山は食べられないものだ。火を通してスープにするとか、チャーハンに入れるとかの食べ方もあるけれど、やっぱりあのシャキシャキ感を生でいただきたい。アメリカにハネムーンサラダ、というものがあった。何かと思ったらレタスのみ let us alone のもじりだった。

友人に教えてもらったのがこれ。レタスをおおぶりに割いてボウルに盛り上げる。その上に韓国海苔をもんで山のようにふりかける。それで終わり。韓国海苔には油と塩分がついているのでそれをまぜて食べる。わたしはここにほんのすこうし、塩とごま油を足す。こうするとおおきめのボウル一杯分のレタスが食べられる。おひとりさまの食卓の悩みは、買ってきた食材がいつまでもなくならないことだが、子どものアタマくらいのサイズのレタスでも、おもしろいように減っていく。難点は韓国海苔を手で揉むときに油まみれになることぐらい。

最後にもうひとつ、ズッキーニのサラダ。ズッキーニというとかぼちゃの一種、火を通すものと思っていたが、これは生で食べる。スライサーでズッキーニをスライスして平皿にさぁーっと拡げる。1本で大皿一枚が埋まる量のスライスができる。そこにオリーブオイルとほんのちょっとのお醤油をたらーり。その上に、これまた海苔を揉んで山のようにふりかける。ちょっと見栄えをよくしたかったらキッチン鋏できれいに細切りにしてもよい。どちらの場合も野菜が隠れるくらい、たっぷり、景気よく、かける。こちらは日本産の厚みのある海苔のほうがよい。どちらもお客さまにお出しするとご馳走感があって、驚かれる。こんなに簡単なのにね。どちらもビールにもワインにも日本酒にも合う。お試しあれ。

STORY 11

ゴミをどうするか？ それが問題だ

大事なことを忘れていた。ゴミ問題だ。

ひとが生活すればかならずゴミが出る。わずか数日の山荘の滞在でも、ゴミは出る。

山暮らしなら、生ゴミはまだなんとかやりようがある。コンポストを備え付けているお宅は多い。そのままでは腐るから酵素を入れて発酵させる。うまくいけばさらさらの褐色の土壌ができて、肥料にもなる。野菜くずはいい。塩をした魚の骨や皮を捨てると、そのまま塩分が土に混じりそうでちょっとためらう。同じ理由で塩気のつよい佃煮や漬物を捨てるときにも困る。うっかりすると冷蔵庫でカビさせてしまうのだ。フタを開けたからといって、たくさん食べられるものではない。なのに、なぜだかおひとりさまの食卓には、きっとこういうごはんの友が必要だろうと、やたらと塩辛い漬物や甘辛い佃煮が届くのだ。

おいしいもんを送ってあげようというキモチはうれしいが、どうせなら活け海老や浜ゆでのズワイガニなど送ってくれ！　なんて思っていたら、ほんとに年末に北陸からタグ付きズワイガニと香箱ガニ（メスガニ）が届いた。北陸育ちだから、蟹の捌《さば》き方は知っている。とうていひとりでは食べきれないから友人を呼んで宴会をする。大皿の中央に蟹の甲羅を置いて周囲をハサミと脚でとりかこむ。うれしさのあまり、食べる前には横歩きでカニカニ・ダンスを踊るのが定番だ。甲羅のなかは蟹味噌がたっぷり。掬《すく》いきれなかった分には、日本酒を注いで、火にかける。甲羅がほんのり焦げるこうばしい匂いが漂えば、甲羅酒を回し飲み……こたえられない宴だ。山の中に住んでいても宅配便のおかげで、ていうか、おいしいもんを食べさせたいと送ってくださる方のおかげで、海の幸を味わえる。……おっと、ゴミの話だった。

蟹パーティの悩みは、食べる分量よりはるかに多い甲殻のカラがゴミに出ることだ。郷里の金沢から近江町市場で仕入れた甘エビを大量に持ちかえってくれた友人もいたが、思うさま甘エビをぱくついた後に、やはり海老のカラが大量に残る。海老も蟹も放っておくと足が早い、つまりすぐに腐って異臭を放つ。一部は「外の子」と名づけた野良猫に進呈するが、そんなやわな分量ではない。「どうしようかしら」と悩んだら、客人のひとりが「こうすりゃいいんだよ」とやにわにがんがん燃えたっている薪ストーブにかたっぱしから蟹のカラを投げ入れ始めた。たしかに燃えるが……翌日の燃えかすの始末はわたしの役目だ。

コンポストだって、甘くない。どこでどう嗅ぎつけるやら、夜中に動物が来てコンポストのフタを開けてゴミあさりをした形跡があった。人の手でねじって閉めるフタをどうやって開けたものか、知恵もンじゃのお、と思ったが、放っておくわけにいかない。フタの上に重石を置いた

が、それもずらして開けてあった。それからは「未確認夜行生物」とのあいだの知恵比べになった。結局コンポストをぐるぐる巻きにしてちょっとやそっとで開けられないようにしたが、今度は自分が使えなくなった。やれやれ。

問題はプラスチックゴミだ。ほんの数日暮らすだけでプラゴミは次々に出る。食品のパッケージを開けただけで、プラゴミが出る。一時はプラゴミだけ東京へ持ちかえっていた。だが洗うに洗えない汚れたプラゴミも出る。庭の焼却炉で紙と共に焼いたが……ちょうどダイオキシン問題が取り沙汰されていた頃だった。低温の焼却炉でプラゴミを燃やすと有害ガスのダイオキシンが出ると。それで手がとまった。

ゴミの収集は自治体の基礎サービスのひとつ。地元には「地区」と呼ばれる住民の自治組織があって、ゴミを出すにはそこに加入して、決まった曜日の決まった時間にゴミ袋を出すことになっている。だが地区には冠婚葬祭もついてくる。余計な負担を避けるために葬儀の際の香奠《こうでん》は一律5000円に決まっているとか。でも会ったこともない人の葬式の義理を果たさなければならないなんて……。そのうち別荘族や定住族の中には地区に加入するのをいやがる新住民が増えてきた。そのため役所が敷地内にゴミ収集場を設置して、誰でも自由にゴミを捨てに来てよいことになったが、それだって曜日も時間も決まっている。ゴミの種類も分別しなければならない。

その後、八ヶ岳南麓の自治体から、高性能の焼却炉を導入したのでゴミの分別はしなくてよい、という通達が届いた。住まいのある東京の自治体では、ゴミの分別に厳格だ。生活習慣になっているから、やらなくてよいと言われてもこだわってしまう。分別すると生ゴミよりプラゴミの量のほうがはるかに多い。あーあ、わたしたちはこんなに石油化学製品をムダ使いしているのか。いずれ罰が当たるぞ、と思いながら、わざわざ分別したゴミを結局まとめて出してしまうのが、都会者の哀しいさがである。

STORY 12

本に囲まれて……

山の家は、くつろぎのための別荘ではない。書庫と仕事場を兼ねている。

東京大学を定年よりくりくりあげて退職したとき、研究室から書籍を引き揚げる必要に迫られた。旧帝大の古い煉瓦校舎、異動した当初はエレベーターもエアコンもなかったが、都内23区のうちにじゅうぶんな広さのオフィススペースを持つことは特権と言ってよかった。最初に提示された選択肢はエアコンのない1階の研究室か、エアコンはあるがエレベーターのない4階の研究室かの二択。東京大空襲に遭わなかった校舎は、関東大震災後に耐震性を考えて建てられた3階建て。その上にプレハブで4階を継ぎ足した研究室棟は別名かまぼこ兵舎と呼ばれ、夏熱く（暑い、なんてものじゃなかった）、冬寒い（時間が過ぎると暖房が切れてしんしんと冷え込んだ）365日逆冷暖房完備（笑）。エアコンなしは考えられなかったが、入室にあたって新規に設置してくれるという。4階までの階段の昇降は健康のため、と覚悟して、4階のほうを選んだ。

研究室に18年間の在任中に運び入れた書物は万を超していただろう。退職にあたって、その本をすべて撤収しなければならなかったのだ。書物は半分に減らしたが、それでも大量に残った。退職時までに4階までのエレベーターがついていたので（それというのもクルマ椅子留学生をわたしが受け入れたからなのだが）、搬出は容易だったが、これがエレベーターなしで4階分の階段を重い本の入った箱を持って降りなければならなかったとしたら……と思い出しても冷や汗がでる。

そのときほど、山の家をつくっておいてよかった、と思ったことはない。知人の研究者には都内のマンションの別室を借りて書庫にしているひともいる。わたしも都内のマンション住まいだが、坪単価何百万もするスペースに本を置いておく余裕はない。山の家は最初から書庫にするつもりで、壁一面に天井まで書棚をつくりつけてもらった。積み上げた書物の重さがハンパでないことは知っていたから、基礎工事はがっちり固めた。

山の仕事場の広さは60平方メートルのワンルーム。北欧の福祉先進国を訪ねたとき、高齢者住宅の標準がひとりあたり60平方メートルと聞いて、自分のためにこれだけの広さを確保するのは夢だった。基本自分ひとりしか使わないから、トイレにドアをつけずにオープンにしたいと言ったら、設計士から「あなたがよくても、お客さんが来たら困るでしょう」と言われて、泣く泣くドアをつけた。ちなみに「おひとりさま」の生活習慣を調査したときに、いちばん「あるある」感が強かったのは、「ドアを開けたままトイレに入る」ことだった。よその家に行ったときには、トイレってドアを閉めるものだっけ、などと思ったりする。

この設計士さんは、別のアドバイスもしてくれた。ふつうの山型の屋根にするつもりだったところ、「いっそ片流れにしたらどうです？」と言ってくれたおかげで、天井高最大4メートルの開放的な空間ができあがった。友人の山の家を訪れるたびに、昼間も電灯をつけたままの暗い家が多いことを知っていたから、採光はじゅうぶんに、天井まで届くはめころしのガラスを入れた。デスク周りは日射しの変化を受けないノースライト。ここにパソコン、プリンター、Wi-Fiを完備。仕事の環境は完璧に整った。

コロナ禍で何の影響も受けないのは、ひとえにこのおかげである。オンライン化がいっきょに加速し、リモートの講義や講演、Zoomミーティングやはては女子会まで、なにもかもオンラインでできるようになった。コロナ禍の前にもSkype参加とかはしていたが、その頃はあくまでリアルの代替品にすぎなかったのが、いまではリモートがあたりまえ、わざわざリアルでお会いする必要がありますか、ということになった。外出自粛や都道府県境を越えての移動の抑制を求められても、痛痒《つうよう》を感

じない。それどころか、それまでのあのあわただしい移動の日々はなんだったのか、と思えてくる。

自分にこんなに「おひとりさま」耐性があったのか、と驚く。そうだったのか、小さいときから「読む」と「書く」が好きだった、それさえあれば生きていける、とあらためて確認する。天井まで届く書物に囲まれて、この図書館のような空間でしんとひとりでいるのは至福の時間だ。1冊1冊の書物は、わたしをそれぞれ別の世界へ連れて行ってくれるドラえもんの「どこでもドア」のようなもの。だとしたらこの空間には、いったいどれほどの異界への入口があるだろうか。

とはいえ、ふっと思うのがわたしが死んだらこの書物は……という問いだ。最近は大学や公共の図書館ですら、スペースの関係や管理の問題で図書の遺贈を断っている、と聞く。立花隆さんが亡くなられたが、立花さんのあの全館本で埋め尽くされた猫ビルは、その後どうなっただろうか。立花さんには及ばないが、自分の蔵書をどうすればいいか、頭を悩ませている。

STORY 13

移住者のコミュニティ

八ヶ岳南麓には2種類の住民がいると述べた。別荘族と定住族だ。別荘族は都会とセカンドハウスとを行ったり来たりしている。週に3泊4日で都会へ「出稼ぎ」に行って、あとの4日は山暮らしというひともいるし、行ったり来たりしているうちに軸足が次第に山へ移って、こちらに定住してしまった、というひともいる。定住族は住民票を移したひとたちだ。

日本創成会議が「消滅可能性都市」のリストを公表して衝撃を与えた

のは2014年。ここ八ヶ岳南麓は、人口が横ばいだが、移住してくるのはもっぱら高齢者ばかり。人口は減らないが、高齢化率は上がるいっぽうだ。移住者はたいがい定年後か早期定年のカップル。家を建ててやってくるのだから、自治体にとっては固定資産税が増えるありがたい納税者である。

山暮らしでは、カップルの仲がいいことが必須条件である。クルマは移動の手段として欠かせないし、一方しか運転できなければ、他方は頼り切りになる。薪割りだの芝刈りだの外回りの仕事が増えるし、家の内外の作業には男手が重宝する。

八ヶ岳に越してきてから、仲間と手前味噌を仕込むようになった友人から「八ヶ岳離婚」というジンクスを聞いた。彼女が一緒に味噌を仕込んだカップルが、次々に離婚していったのだという。密着する時間が長いと、相手の見すごせない癖や許せないふるまいも増えるのだろうか。

そういえば、アメリカの離婚は、長期休暇の直後が多いとか。カップルは適度な距離があるほうがよさそうだ。事実、夫は山暮らし、妻は都会暮らしで、ときどき妻が週末に訪ねてきては手料理を作って食べさせてもらっている仲睦まじいカップルもいる。その逆はほとんどない。ソローの『森の生活』ではないが、男性は女性よりも自然のなかの孤独な小屋暮らしにあこがれるようだ。

あ、もう1種類を忘れていた。もとから土地に住んでいる原住民（旧住民というべきか）ともいうべき人々だ。忘れるのには理由がある。新住民と旧住民とはめったに交わらないからだ。移住した土地で農業や事業をやろうと思わない限り、新住民は旧住民のコミュニティに入っていく理由もないし、入らせてももらえない。旧住民のあいだには入会《いりあい》地などの管理や冠婚葬祭の慣習などがあるようだが、そこに入らなければ知らなくてもすむ。いちばん面倒なのはゴミの処理。地区と呼ばれる仲間内に入らないと収集の対象にならない。だが地区に属するのをわずらわしく感じる新住民が増えて、役場は敷地内に地区に属さない新住民用のゴミ収集場を設けた。週に何回、何時から何時まで、と決まっているが、その時間帯にゴミを現地に持って行けばよい。

田舎に住んでいるからといって、地域のコミュニティに所属しなければならない理由はない。家族をつくって子どもを育てたりするには、地域とのつきあいが不可欠だろうが、もう家族を卒業しようかという年齢になって引っ越してくるひとたちには、地元とのつきあいは必要ない。夫婦ふたりのことだけを考えればいいので、子どもが来ても泊まるための子ども部屋のないお宅もある。

自然のなかの暮らしと、田舎暮らしとはちがう。それでもどこにいても人づきあいは必要だから、自然と新住民たちのコミュニティができあがる。都会暮らしをしてきたひとたちのコミュニティだ。家を建てて引っ越してくるだけの資力のあるひとたちだから、一定の階層のスクリーニングはある。出身地はばらばら、もともと山梨に親族縁者がいるという理由で土地を選んだわけではなく、縁もゆかりもない土地を気に入ったという理由だけで選んで移住するのだから、冒険心やチャレンジ精神もある。過去のキャリアも多彩、特殊なスキルのあるひとや輝かしい経歴のひともいる。

その仲間のあいだでは、過去の経歴を話したり、訊ねたりするのはきらわれる。シャバじゃ何サマかは存じませんが……ここではみなフラットな関係。適度な距離を置いて、相手のプライバシーには踏みこまないが、必要なときには頼りになる。オトナのつきあいである。

名刺に「元○○」と書くなど論外である。そのなかのひとりに、聞かれもしないのに、「あの人は元○○会社で取締役まで行ったひとで……」とか「○○さんはどこそこ大学の出身でしたっけ、ボクは……」と他人の過去を詮索する男性がいた。数回の飲み食いのうちに、そのひとはいつのまにか声をかける対象からはずされていた。オトナのコミュニティには、こういう怖さもある。

家を建てた当時、わたしは周囲のコミュニティの中では最年少だった。ちづこさん、ちづこさん、とファーストネームで呼んでもらい、こんどいつ来るの、ごはんを食べにおいで、と声をかけていただいた。ソンもトクもない、一緒にいるのが楽しいという理由だけで招いてもらえるありがたい人間関係だった。

STORY 14

猫の手クラブの人々

移住してきた定住者たちのあいだで、猫の手クラブというコミュニティができた。きっかけは定住族のひとり、八ヶ岳離婚のあともこちらに暮らしているおひとりさまの女性が、旅行のたびに飼い犬の世話をしてくれるひとを求めていたからだ。わたしは無類の犬好き、友人の家に行っては、犬とお散歩に出かけていたから、その犬とはお友だちだった。1週間ぐらい預かってあげるよ、と言って預かったことがあるが、その晩から見えない飼い主の姿を求めて、朝までクィーン、クィーンと世に

もせつなげな声で鳴きつづけた。犬には時間の感覚がない。1週間後に帰ってくるからね、と言って飼い主が出かけても、1週間という時間の感覚がわからないから、見捨てられたと感じたのだろう。飼い主と再会したときの、文字どおり手の舞い足の踏むところを知らずという喜びように圧倒された。飼い主には勝てない。

「猫の手クラブ」の由来は、「猫の手も借りたい」から来ているが、もともとの含意は、「何の役にも立たない」猫の手でも借りたいくらい……という意味である。猫の手どころか、メンバーのなかには木工ができるひとや、草刈り機を持っているひと、クルマで送迎してくれるひととか、役にたつひとたちがいっぱいいた。お互い助け合うのに、タダでは頼みにくいから、と「ニャン券」という地域通貨を発行した。1ニャン＝500円、犬の散歩が1回1ニャン、最寄りのJRの駅までの送迎が2ニャン、タクシーを使えばその4倍はかかる。

いろんな特技のあるひとは重宝がられるが、絵を描くとか、陶芸をするとか、オペラを歌うとかいうより、いちばん喜ばれるのはお料理の上手なひと。こちらは地域通貨の対象にはしない。なかにはくろうとはだしの茶懐石をふるまってくださる奥さまもいるし、蕎麦打ち名人もいる。助け合いより懇親会のほうが楽しみになって、春は花見の宴、秋は紅葉狩りに。参加者はそれぞれ得意料理を持ち寄る。重箱にお煮染めをいっぱい詰め込んでくるひともいるし、イタリアン風のクッキングに腕をふるうひともいる。夏は流しそうめん、年末には餅つき大会もした。つきたての餅を、あんこときなこと大根と納豆で食べる。

　わたしも年に1回、山菜天ぷら大パーティを主催するのが楽しみになった。それに合わせて、東京からわざわざ来るひともいた。うど、たらの芽、こごみ、ふきのとう、こしあぶら、行者にんにくなどをかたっぱしから揚げて、揚げたてを沖縄県の粟國《あぐに》の塩で食べる。シェフは立ちっぱなしだが、これが楽しみでお客さまを招いた。天ぷらの後のごはんは桜飯か菜の花飯。桜の花の塩漬けか、京都の菜の花漬けを細かく刻んで炊きたての白いごはんにまぜこむ。桜飯だとうっすらピンクにそまり、菜の花飯だと菜の花色が浮かぶ。ほのかな塩味で食欲が進む。

楽しかったなあ……と過去形で回想するのは、メンバーがみんな老いたからだ。助けを提供できるひとよりも、助けを必要とするひとたちが増えて、バランスがくずれた。目下、猫の手クラブは開店休業中。

そのうち、ご夫婦のうちの一方が認知症になったり、配偶者に先立たれておひとりさまになるケースが出てきた。八ヶ岳南麓にカップルで移住してきた高齢者が、その後どうやってこの地に定着していくのか、とりわけおひとりさまになってからどう対処するのか、わたしは息を詰めて見守ってきた。わたし自身の「おひとりさまの老後」がかかっているからだ。

おもしろいのは、男がおひとりさまになると都会の子どもたちに引き取られる傾向があるのに対し、女がおひとりさまになるとそのままこの地に居着くことだ。もともと終《つい》の住処と思って移転してきたのだもの、ごりっぱだと思う。

そのなかに最初からおひとりさまで家を建てて引っ越してきた女性がいた。夫と早く死に別れ、子どもたちを育て上げ、自分のライフスタイルを貫くためにこの地を選んだ、インディペンデントな女性だ。彼女のライフスタイルを知りたくてインタビューを申しこんだ。1日の日課と1週間のスケジュールが決まっていて、それをゆるがせにしない。自宅でヨガをやって、寝る前にもストレッチを欠かさない。いつお訪ねしても身ぎれいにして、アクセサリも身につけておられる。ガーデニングが趣味で、庭はいつも手入れされている。数年前に思い切ってクルマを手放したが、その思い切りのよさも潔かった。ご不便でしょう、とお聞きしたが、週に1回タクシーを予約して、買いものや必要なものごとの処理をすますのだとか。

あまりにおみごとな「おひとりさま」暮らしなので、わたしにはとうていマネできない、と思ってしまう。わたしがいま彼女にお願いしたいのは、ICTのスキルを身につけてほしい、ということだ。それならオンラインで顔を見ながらおしゃべりもできるのに。ネットは年寄りのつよ〜い味方。使わない手はない。

STORY 15

銀髪のスキー仲間

八ヶ岳南麓は春夏秋冬のうち冬が最高、と書いた。冬場の日照時間だけでなく、もうひとつおまけがついてきた。スキー場である。

近くにはゴルフ場もいくつかある。だが、わたしはゴルフはしない。あんなじじむさいプレーなんてスポーツのうちに入らない、と思ってきた。代わりに若いときからのアウトドア派、夏は登山、冬はスキーである。この地に移住してきたひとたちには、もともと山の好きな人が多い。目の前にある八ヶ岳連峰の最高峰、赤岳はもとより、周辺の高山低山、西に屏風のようにそびえ立つ甲斐駒ヶ岳から東の瑞牆《みずがき》山、ニセ八ヶ岳と呼ばれる茅《かや》ヶ岳など、目に入る峰々はひととおり踏破した。

やがて膝に不安を感じるようになった。膝はいったんやられたら元に戻らない。スキー場に立つたびに、目も腰も膝も足も、言うことをきいてくれるのはあと何年だろう……と思う。残り少なければ1シーズン、1シーズン、あだやおろそかに過ごすわけにいかない。それでスキーを優先して、登山は断念することにした。もともと汗をかくのが好きではなく、登山より下山が好きなくらいだ。そういえば、知り合いの弁護士さんが、ゴンドラで登ってひたすら降りるだけ、という「中年下山クラブ」ってのをつくってたっけ。だが山に登る人なら誰でも知っているとおり、登るより下るほうが事故は多い。膝をやられるのも下りのときだ。

期待していたわけではなかったが、山の家に移って来てから、クルマで15分圏にスキー場があることが判明した。信州の豪雪地帯のようにどか雪が積もることはめったにないから、人工雪である。たっぷり水分を含んだ北風が北陸や信州で雪を落としたあと、乾燥した冷気が山を越え

てやってくる。夜中に人工雪をつくるにはじゅうぶんな低温になるだけでなく、朝にはキーンと冷え込んだ空気が刺すように漲《みなぎ》る。スキー場の雪面はガリガリのアイスバーンだが、代わりに抜けるような青空が待っている。スキー場といえば積雪地帯、3日滞在すれば2日は雪に見舞われてそのうちの1日が晴れたらもうけもの、というのが常識だったが、

この地では、毎日毎日が晴天のもとのスキー、なのだ。
このスキー場にはシーズン券がある。そのシーズン券にさらにシニア割引がある。口の悪い友人などは、はよ「死にや」割引だと言うが、なんの、スキー人口はいまやシニアばかり。若者はスノボーだ。スキー場には割引シーズン券を使ってやってくるご常連がいるが、この人たちが

ヘルメットとゴーグルをとると、髪の毛が白いか、ないか、のひとたちだ。半世紀以上スキーを続けてきたというベテランが多く、あのひとががんばっているならわたしだって、とはげみになる。

スキーを始めてよかったことは、まず寒さが苦にならなくなったこと。晩秋から初冬にかけて冷え込むと気が滅入るものだが、スキーシーズンが近くなったと思えば、もっと冷えろ、もっと寒くなれ、と念じるようになった。もうひとつの効果は、朝早起きになって規則正しい生活を送るようになったことだ。スキー場には朝8時半のリフト開始の時間に間に合うように行く。リフト待ちの最前列に並び、誰も滑っていないバーンにヴァージン・シュプールを描いて1時間。朝ごはんを食べてゆっくり出てきたスキーヤーたちがぞろぞろリフト券売り場に並ぶ頃に、そのひとたちを横目に見て、さっと帰る。その頃までには整地されたバーンは早起きスキーヤーたちに荒らされてえぐりとられている。それに朝早いと雪もしまっているが、太陽が上がると気温が上昇して雪面がぐずぐずになる。ベストコンディションのバーンを堪能してから、スキー場のエスカレーターで昇り客とすれちがうときの快感たらない。「遅いよ、あんたたち」と。そして帰ってからゆっくり遅いブランチを食べる。適度な運動で食欲も増し、さあ、1日が始まるぞ、という気分になる。

この快感のために、冬場は仕事を減らすほどだ。スキー場のコンディションがよすぎるので、たまに吹雪や嵐の日があると、今日はやめとこ、と自分に休みを許す。毎朝早起きするのがつらくなると、今日は悪天候になってくれないかなあ、と願うほどだが、朝起きてベッドの中からカーテンの隙間を見ると、抜けるような青空。これは寝ていられない、と叱咤して自分を起こす。スキー場のご常連には、シーズン券で1シーズンに100回通ったという猛者《もさ》もいる。わたしの最高記録は29日間だ。冬の間はこんな生活をしているので、スキーシーズンが終わるとかえって運動不足になるくらいだ。

雪と氷で暗く閉ざされた季節……のはずが、1年でいちばんたのしい季節になった。ウィンタースポーツを考えついた北国の人たちに感謝したい。

STORY 16

大晦日家族

盆と正月はひとりものの魔の時間である。というのも盆と正月は家族の時間、年に2回、離ればなれに暮らす家族が再会を果たす機会だからである。都会から潮が引くように家族連れが姿を消し、遊んでくれる相手もいなくなる時間である、いや、であった。というのも「おひとりさま」がこれだけ増えると、帰る実家もない者たちが都会に取り残されるようになったからだ。以前、高齢者の孤立度を測る指標に「正月三が日、誰とも口をききませんでしたか?」という問いがあって、どきりとした。

アメリカにも家族再会の時間がある。勤労感謝の日（サンクスギビング・デイ）である。他に頼るものがないからか、アメリカ人は家族を大切にする。学生寮などに暮らしていると、同級生たちがいっせいにいなくなる。1人取り残された留学生を哀れんで、自分たちの家族の集まりに招待してくれる親切なひともいる。

親を見送ってからは実家に帰る必要がなくなった。いつ頃からか、年末年始は山の家で過ごすのが恒例になった。大晦日を共に過ごす「おひとりさま」の仲間ができた。「大晦日家族」と名づけた。その日だけの家族である。

大晦日は夕方から鍋料理を食べながら、紅白歌合戦を見る。「いまどき、そんなもの、見てるのぉ!?」と呆れられるが、なにTVの歌番組など見たことのないわたしにとっては、年に1回のニッポン・ウォッチの得がたい機会なのだ。へえ、ダンスの切れが変わったねえとか、若いニッポンジンの手足が長くなったねえ、演歌は百年一日のアナクロさがいいんだろうねとか、最近の若い子の発音は子音と母音のつながりが英語風になったね、などなど好き勝手なコメントを言いながらTVを視聴する。9時を回ると近所の蕎麦打ち名人から打ち立ての蕎麦が届く。奥方手製の絶品蕎麦つゆ付きだ。そのために、本ワサビを用意して、半分は蕎麦打ち名人に進呈する。蕎麦は二八の細麺、ゆで時間40秒の厳命付き。キッチンタイマーできっちり計って、あげた端から冷水で締める。おなかいっぱいのはずなのに、この蕎麦はまた別のところに入る。そうこうしているうちに、「ゆく年くる年」が始まり、除夜の鐘がTV越しに聴こえてくる。数年前には京都在住の友人が、近所の法然院まで鐘撞きに出かけて、現場から実況中継で鐘の音を聴かせてくれた。

12時が近くなるとカウントダウンを始めて、12時きっかりに「あけましておめでとうございます」の声と共にシャンペンを開ける。

この大晦日家族、世界中を飛び回るメンバーだったので、今年は海外に出て1人欠けるとかして出入りがあったが、4人いた大晦日家族のうち、2人がとうとう鬼籍に入った。昨年の大晦日家族は2人だけでさびしいなあ、と思っていたら、よくしたもので、北海道在住のこれもおひとりさまの友人がふらりとやってきて年末年始に滞在していった。その後、雪の富士山の裾野を一巡りして、写真を撮って帰るんだという。おひとりさまは気楽だ。どこへ行くにも誰に相談する必要も許可を得る必要もない。

翌朝はまだベッドの中にいる他の「家族」を置いて、初滑りに行く。これが最高なのだ。元旦のスキー場は穴場である。みんな夜更かししているし、子どもたちもこの日は出てこない。初滑りスキーヤーは地元のご常連たち。がらがらのスキー場で初シュプールを描いて、1時間すべったらさっと引き揚げる。帰ってから大福茶《おおふくちゃ》とおとそ、そして注文しておいたおせちをいただく。たいしておいしいもんではないが、縁起物だから、正月気分に重箱は用意する。お雑煮だけは仕込んでおく。母の味の鶏出汁《とりだし》のすまし汁だ。金沢では昔は鴨出汁だったという。そういえば色も鮮やかな鴨猟の鴨をいただいた際、虫も殺さぬ品のいい伯母が羽をむしって処理していたのを覚えている。

おせちは食べきれないので、ご近所のカップルをお招きする。このと

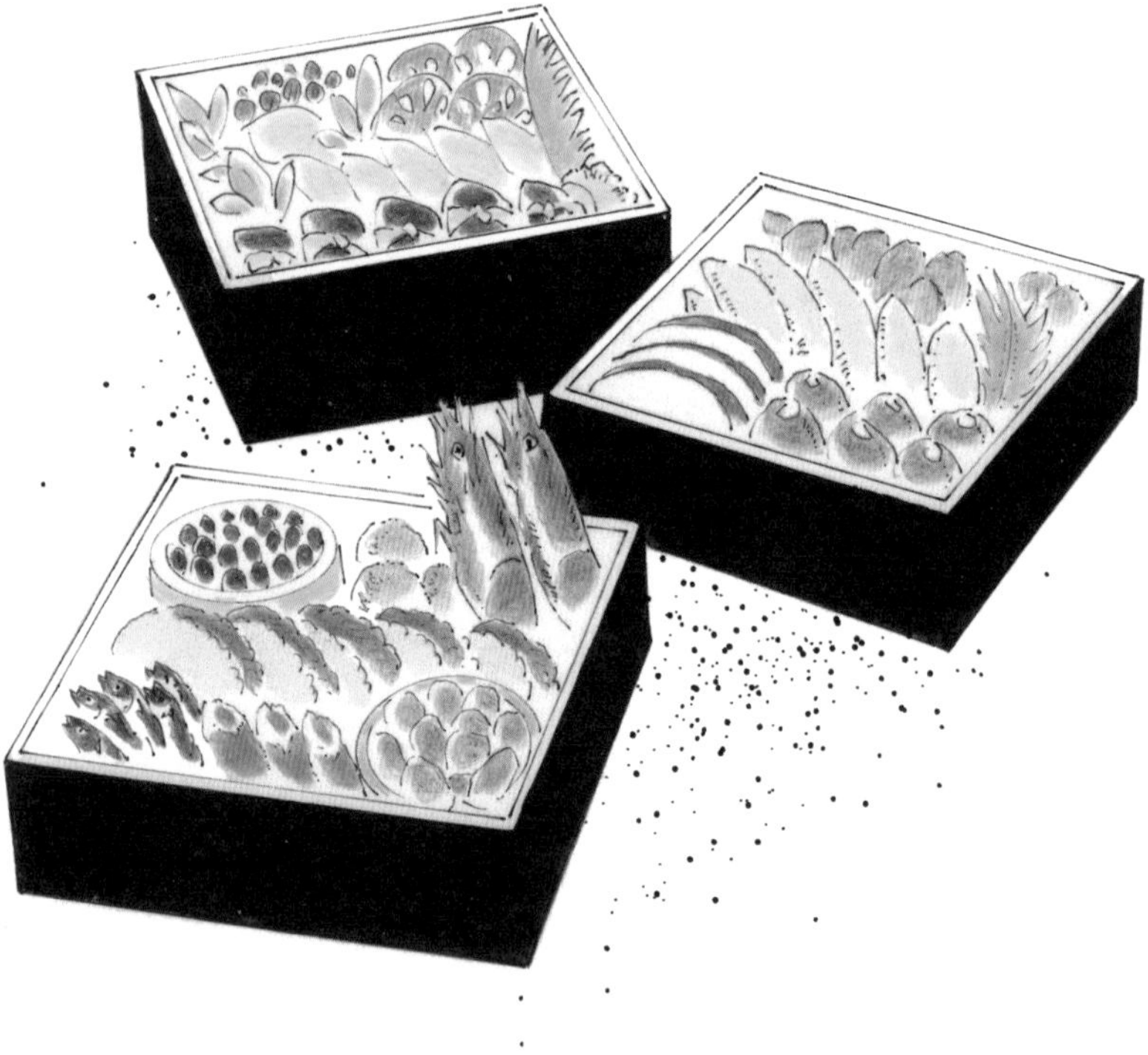

ころ子どもたちがいても、正月に帰って来ないケースが増えた。海外に出ていたりしてそうそうは帰って来られない。ましてやコロナ禍のもとでは帰国も大仕事、昨年は入国後10日間の隔離を要請された。夫婦2人の無聊《ぶりょう》を持て余しているのか、お誘いしたらほいほい来てくださる。かくしてまたまた宴会が始まる……というわけでおひとりさまの大晦日と正月は、けっこう忙しいのだ。

周囲におひとりさまがだんだん増えていく。今年の「大晦日家族」は誰にしようか。「家族」もついたり離れたり、組みあわせを変えるのもいい。思いがけないメンバーが加わって思いがけない展開が起きたりする。女おひとりさまにはこんな楽しみがあるのだけれど、男おひとりさまたちは、大晦日と正月をどうやって過ごしているのかしら?

STORY 17

オンライン階級

コロナ禍になってから3年め。次々にオミクロン株だの、BA・5型だの、新種の株が現れて現在も第7波の最中。収束の見通しが立たない。こんな事態を誰が予想しただろうか?

コロナ禍が始まった頃、山の家へ疎開した。その頃は山梨県にはまだ感染者第1号が出ていなかった。府県境を越える移動は自粛してほしいという通知があり、移動が難しくなる前に、と考えた。事実その頃、オーストラリア在住の知人とやりとりしたら、州境を越える移動には罰金が課された、という。わたしのクルマのナンバープレートは都内。県外ナンバーのクルマは石を投げられたり、疵《きず》を付けられたりするところもあると聞いたが、幸い八ヶ岳南麓では住民が県外ナンバーに慣れているのか、いやな思いはしなかった。

コロナ疎開生活を支えたのはオンラインだった。仕事のキャンセルが相次いだが、おなじぐらいオンラインの仕事の依頼が増えた。実際にやってみると、オンラインで何のふつごうもないことがわかった。講演も、会議も、インタビューも、対談も……何もかもオンラインでＯＫだった。Zoom や Webinar の操作にはすぐに慣れた。WhatsApp を使えれば、映像付きの会話もすぐにできた。Zoom というアプリは、コロナ禍以前からあったようだが、急速に普及したのはコロナ禍の最中。それ以前は出席できない参加者を Skype でつないでミーティングするのが、リアルのやむをえない代用品、という気がしていた。オンラインにはまると、なんでわざわざ対面で会わなければならないのか、かえって積極的な理由が必要になる。多くのひとが、オンラインを経験してみて、改めて対面のよさを実感した、というが、ちっともそんな気になれない。ミーティングの終わりに、今度は実際にお会いしたいですね、といちおう社交辞令で口にはするが、ホンネはそんなこと、どちらでもよい。

まず移動のコストがかからない。1時間半の講演に往復5時間かけて移動する、という必要がない。開演の1時間前には到着していないと主催者が不安がるし、終わったからといってすぐには帰れない。とくに苦手なのが、終了後の懇親会というヤツだ。たいがいは立食式か手軽な居酒屋。食い物がおいしかったためしがない。わたしに話しかけてくるひとたちはいるが、わたしの話を聞きたいのではない、自分の話を聞いてもらいたい人たちばかり。人間というのは他人に興味があるより、自分に関心を向けてほしい生きものだということがつくづくわかる。好奇心の強いほうなので、結局わたしのほうから「へえ、それで?」「そのとき、何を感じたんですか?」と聞き役にまわるはめになる。社会学者はインタビューのプロ、聞き役はキライではないが、結局話す時間はわたしより相手のほうが長かったりする。あーあ、ギャラが安いのに、サービス残業だったなあ、と家路に就く。

オンラインではこれがない。オフにしてしまえばあっというまに自分の時間に戻る。

内閣府が「※コロナ禍における意識と行動の変容に関する調査」というのを実施している。その結果がおもしろい。「コロナ禍のもとでリモートワークをしましたか」という問いに対する経験率が平均20%、それが年収300万円未満から1000万円以上までの経済階層とみごとに正比例している。1000万以上の高経済階層では5割を越える。つまり高額所得者ほど、仕事はオンラインで済んでいるのだ。事実、他の調査でも正社員はリモートワークが可能だったのに、非正規の社員だけは通勤を要求されたという声もある。オンラインでできる仕事とできない仕事を区別して、前者に従事する人々を「オンライン階級」と呼ぶという、おそろしい用語も耳にした。

オンライン化できない仕事をエッセンシャルワークと呼んで、賞賛が

※https://www5.cao.go.jp/keizai2/wellbeing/covid/pdf/result2_covid.pdf

集まったが、だからといって彼らの労働条件がよくなるわけではない。コロナ疎開中にもっともありがたかったのは宅配便である。業者さんが来てくれるたびに、手を合わせる気分になった。

仕事がオンラインでできれば、どこにいるかは問われない。そのせいか、国際会議のお声が気軽にかかるようになった。渡航費の負担もなしに、参加を呼びかけられるからだ。都心のオフィスの近くにしがみついている理由もなくなる。あの通勤地獄を味わう必要もない。そのせいか、地方の移住者が増えているんだという。それも退職者でなく働きざかりの年齢のひとたちだ。同じコストなら地方のほうがずっと豊かに暮らせる。ここ八ヶ岳南麓でも夫が自由業、妻が福祉職のような子育てカップルが増えてきた。

リモートワークのためには、家はインテリジェント化がマスト。山の家には早い時期からWi-Fiが設置してある。その代わり……都会を離れても、どこにいても、いったんパソコンを開けたら最後、仕事から逃れられなくなった。

STORY 18

多拠点居住

「週末は山梨にいます」……この標語はやまなし観光推進機構がつくったものだ。

山の家のある北杜市のキャッチコピーは「水と緑と太陽のまち」というもの。なるほど、日本でも有数の日照時間の長さ、八ヶ岳山麓の豊かな伏流水、森と草原にあふれた緑の沃野《よくや》……看板にいつわりはないが、それしかないのかっ、とつい言いたくなる。だがそれだけでじゅうぶんじゃないか、という気もしてくる。ほかに何をのぞむのか、と。

八ヶ岳南麓の北杜市は長野県との県境に接している。あとちょっと車を走らせれば、原村だの、蓼科だの、昔からの由緒ある避暑地がたくさんある。学者村と異名をとった別荘地もある。

「週末は山梨にいます」……このキャッチコピーを聞いたとき、なにやら釈然としない気分が残った。「週末は長野にいます」のほうが、なんだか知的に聞こえる（笑）。土地を求めた場所が山梨に決まったあとも、山梨県かぁ、金丸信を生んだ金権体質の土地柄だよね、という気がした。それに比べて長野県は昔からの教育県、岩波書店の創業者、岩波茂雄を生んだ土地で、諏訪には岩波書店の昭和22年以降の全刊行物を収蔵した信州風樹文庫もある。茅野には岩波一族とおぼしい「シェ岩波」というフレンチレストランもあって、ときどき足を運ぶ。長野県は別荘地開発規制が初期からきびしく300坪以上でしか売らないが、山梨では50坪ぐらいでも売買する乱開発が進んでいることにも、行政の姿勢のちがいが見てとれる。

「週末は山梨にいます」のコピーどおり、八ヶ岳南麓には二拠点居住のひとが多い。どちらにお住まいですか、と聞かれてもにわかには答えられないほど行ったり来たりしているので、定住者とはいえないがもはや別荘族とも呼べない人々だ。わたしは都内の高層マンションの居住者、文字どおり「地に足のつかない」生活をしているが、それが苦にならないのは地面についた山の家の暮らしが他方にあって、バランスがとれているからだと思う。

田中康夫さんがかつて長野県知事だった頃、県庁のある長野市でなくそこから150キロ離れた泰阜《やすおか》村に住民票を移したことがあった。県庁1階にガラス張りの県知事室をつくったりした田中さんは、県議会ではオール野党で、長野市との関係も思わしくなかった。泰阜村の松島貞治村長さん（当時）は介護保険以前から24時間無料の訪問介護を提供してきた「福祉の村」のトップランナー。県知事の住民税、年額約200万円は当時人口約2000人の泰阜村財政にとっては恩恵だった。おさまらないのは長野市である。交通の便の悪い泰阜村から長野市の県庁まで通勤できるわけがないだろう、と住民票虚偽記載をめぐって監査請求をおこし、その裁定のために「住所認定に関する審査委員会」が設置された。メンバーは土屋公献（日本弁護士連合会元会長）、杉原泰雄（憲法学者）、それに社会学者のわたしの3人である。念のために言っておくが、わたしは田中さんと面識はあるが、何の利害関係もない。ご指名を受けたのは想定外だったが、このおかげで土屋さん、杉原さんという公平なお人柄のおふたりとお近づきになれたのは幸運だった。

裁定の結果は「多拠点居住に問題はない」というもの。これも念のため言っておくが、この3人のあいだに何の謀議もなく、全員の意見が一致した。そもそも憲法は「移動の自由」や「居住の自由」を定めており、ますます移動が激しくなる時代に、住民票所在地に居住実態があるかどうかで居住地を判定するのは時代錯誤だ。当時田中さんは長野市内のマンション、軽井沢の実家、都内の自宅、そして泰阜村の寄留先と数カ所を移動していた。長野市側から提供された資料には、水道計のメーターまで検案して、居住実態の有無を確認する詳細なデータがついており、その行政の執念に驚いた。

時代はその頃よりはるかに進んでいる。どこにいてもオンラインでアクセスできる今日、住所をひとつに定める必要がどこにあるのか。それどころか応援してあげたい自治体に住民税を払うよう選択できたらいい。それがふるさと納税なのだけれど、なら上下水道だのゴミ収集だのといった基礎的行政サービスのコストは誰が払うの?と疑問を持つ向きには、そのためにこそ、その場所で暮らしているひとたちが住民票の有無にかかわらず負担する消費税というものがあるのだ、と答えたい。日本の社会保障が住所地主義から脱する必要があることは、専門家の一致した見解である。

STORY 19

免許証返上はいつ？

田舎のひとの「すぐ近く」には、ほんとに振り回される。道を訊いて「すぐ近く」と言われて走ったら、クルマで10分以上だったりする。距離感がちがうのだ。まず移動はクルマが前提、それに30分ぐらいでないと「遠い」には入らないらしい。

というわけで、地方で住むにはクルマが必需品。下駄のようなものだから、家族の人数分、クルマの台数があったりする。決して贅沢品ではない、なくては暮らせない道具なのだ。

昔のひとは健脚だったらしいが、いまでは田舎のひとほど歩く距離が少ない。ほんのちょっと離れたご近所や買いものにも、クルマで行くのがあたりまえ。山の家から東京へ戻ると、とたんに1日あたりの歩数が増える。JRや地下鉄を乗り継ぐと、乗換のためだけにでもかなりの距離を歩かされる。結果、相当の運動量になる。田舎の子は自然のなかを走り回って元気いっぱいというのは、昔の話。学校の先生に聞くと、いまどきの田舎の子はもっぱら家でゲームにふけっているそうだ。それならスイミングクラブやサッカーチームなどに所属している都会の子のほうが、よほど運動量が大きいだろう。

都内の自宅から山の家まで、高速道路を走ってドア・ツー・ドアでちょうど2時間。ひとりで運転するには頃合いの時間距離だが、さて、これがいつまで続けられるか？ それが問題だ。今年は免許証の更新期だった。申請前に高齢者講習を受けた。もう少し経てば、後期高齢者になる。そうなったら認知症テストが必須になる。免許証返上まで、あと何年、運転が続けられるだろう？ なに、その頃までには自動運転ができるようになっているから、そのまま自宅から山の家までクルマが運んでくれるさ、と楽観的な予測をする友人もいるが、わたしが運転をできなくなる頃までに間に合うだろうか?

というわけで周囲の移住者たちの免許証返上事情が気になるようになった。かつての移住者のコミュニティ、猫の手クラブの平均年齢は80代に。なかには90代もいる。パートナーに死別したカップルもいるし、片方が認知症になったカップルもいる。カップルの一人だけが運転できて、それに全面的に頼っていたもう一人が、後に残されたらどうするのか?

クルマのない生活を想像するのは、この地では難しい。60代ぐらいで別荘を建てたいのだけれど、と相談を受けると、「いいところよぉ」といったんは言うが、「でも、クルマが運転できる内だけね」とつけ加えなければならない。何しろ隣家が100メートル以上離れているような土地柄では、買いものも病院も、友人に会うのも、クルマなしでは無理。

故俵萠子《たわらもえこ》さんは赤城に陶芸の工房と美術館を持っていた。ある日都内の自宅から赤城へ通う高速道路を蛇行運転しているところを後続のトラ

ック運転手に発見され、気がついたら中央分離帯に激突して全身複雑骨折、病院で目が覚めた。何かの事情で気を失ったらしい。「クルマのおかげで助かったのよ」と彼女は言う。乗っていたのは頑丈なベンツだった。安全性能は板金だけで決まるわけではないが、これが板金の薄いクルマだったら、ぺしゃんこになって車体に挟まれていただろう。それをきっかけにクルマを手放し、移動は列車、ご近所カーの軽自動車に乗り換えた。これならスピードを出さないので、事故ってもたかが知れているから、と。

周囲を観察していると、免許証返上に踏み切るのは、たいがいとりかえしのつかない事故を起こしてからが多い。それほどクルマを手放す決心はつきにくいようだ。知り合いのカップルは妻が運転しているときに対向車を避《よ》けそこね、田んぼのなかにぶっとんでクルマが大破した。別な男性は見通しの悪い信号のない交差点に、一旦停止せずにヨロヨロとアタマを出して横っ腹を激突された。また別な男性はバックミラーを見ないで後退して、後続のクルマに当てて怒鳴られた。理由は注意散漫、判断力低下、視野狭窄、反射神経の鈍化……などいろいろあるが、いずれも加齢に伴う身体能力の衰えからくるものばかり。自損事故で廃車になったり、自分が怪我するのはまだしかたがないが、他人《ひと》さまを傷付ける加害者になるのはもっとこわい。

その前にと、自発的にクルマを手放した見上げたおひとりさまの女性がいらっしゃる。週に1日、外出日を決めてタクシーで買いものや美容院に行くのだそうだ。クルマの維持費を考えれば、こちらのほうが安いかもしれない。

アップダウンが激しくて急カーブの多い中央道を走るたびに、減速しないでカーブに突っこむのを楽しみにしてきたが、ふと思うようになった……これがいつまでできるんだろうな、と。

STORY 20

クルマ道楽

ブランドにも宝飾にも興味はないが、クルマには興味がある。クルマはわたしの数少ない道楽のひとつ。クルマ道楽といっても、アンティークカーを何台も車庫に置いているカーマニアとはちがう。あくまで移動のための実用品だ。八ヶ岳の山荘へ通うにはクルマが必須。もちろんJRとタクシーという手もあるが、移動のたびにパソコンを始めとして本や食材など大荷物をかかえて移動するには、クルマに限る。

これまでのクルマ歴で最高だったのは、日産スカイラインGT4。四駆だったので、これにスキーを積んでスキー場へ通った。出足のプシュッという加速は抜群で、信号待ちをしていてもどのクルマより速く前に出るので、無理な追い越しを誘発した。出たばかりの全電動オープンルーフのホンダCR－Xデルソルにも飛びついた。ホンダからS2000が出たときには、まっ先に手に入れたいと思ったが、マニュアルしかつくっていないと言われて断念した。マニュアルといえばドイツでBMWのディーラーのもとへ行ったとき、オートマはないかと尋ねたら、"It's for ladies and Americans." と慇懃無礼な返事が返ってきたときの悔しさは忘れない。

一時期はクルマを2台所有していた。1台は冬の雪道を走るためのスタッドレスタイヤつきの四駆がマスト。もう1台はカーブとアップダウンの多い中央道を駆け抜けるための高速性能のよいスポーツタイプ。ふたつのニーズはなかなか両立しない。だから2台なのだが、2台目のクルマにはつい出来心でオープンカーを手に入れてしまった。BMWZ4ツーシーターで、原則隣には人を乗せない。それというのも何年か前に、

10年くらい型落ちのBMWのオープンカーが目の前に停まり、なかから グレイヘアのかっこいいオジサマが降りてくるのを見て以来、いつかは手に入れようと憧れたからだ。グレイヘアも手入れがよかったが、クルマも手入れがよくて、ほんとに年代もののクルマを大事にしている感じが伝わった。わたしもオバアさんになったら、銀髪でBMWのオープンカーから降りてきたい……と思った。

1台目のクルマはトヨタのハイブリッドハリアー、トヨタの技術の粋を集めたこのSUVは、どんな雪道も無敵でスキー場へ連れて行ってくれる最高のパートナーだった。トランクルームもたっぷりで、スキー板やスキー道具だけでなく、介護期間中は車椅子も積めた。このクルマでどんなに遠出をしたことだろうか。新型ハリアーが、あの精悍なイーグルのエンブレムをなくしたうえに、シティユースのセダン型のモデルになって、アウトドアらしさをなくしたのは残念至極である。

2台目カーのZ4は、実のところ、ものの役には立たなかった。春と秋のほんの一時期、ルーフを開けて緑のなかを走り抜けるのは快感だったが、雨がふればアウト、夏は暑すぎ、冬は寒すぎる。そのうえ、中央道はトンネルだらけ。ときどきオープンカーで笹子トンネルだの小仏トンネルだのにつっこむドライバー（たいがい女連れの男だ）がいたが、排気ガスだらけのトンネルのなかを走るなんて、ば〜か、と横目で見ていた。Z4の車高はわずか9センチ、雪が少し積もればアウト、凍結路などタイヤが空回りしてびくとも進まない。それどころか、山の家の目の前の道路は舗装のない砂利道、それが大雨のたびに流水で無惨にえぐられる。そこにタイヤがはまったが最後、抜けだせない。あるときどうにもその道を突破する以外に幹線道路に脱《ぬ》けられなくて、そろりそろりと運転したが、水たまりにはまって車底をこすったら、シャフトが折れた。修理に出すほかなかったが、こんな山道を運転するクルマじゃない、と身に沁みた。そのうえ、12月から3月までは完全に冬眠状態。寝たきりにしておくわけにもいかないので、ときどきエンジンをかけてやる。手間のかかること、このうえもない。

だがドイツ車のよいところは、ドイツ在住時代に痛感していた。速度制限のないアウトバーンは、車種とドライバーのスキルで序列が決まる。後ろからベンツがビームを上げて時速200キロぐらいで接近してくると、たいがいのクルマは追い越し車線から退避していく。ベンツに劣らないのがBMWだ。何より高速安定性能がいい。速度が出れば出るほど

ステアリングが重くなり、カービングのエッジが効いてくる。前をゆくクルマが下りのカーブごとにブレーキを踏むのを見ながら、ノーブレーキでカーブにつっこむのがひそかな楽しみだった。スポーツカーはサスペンションが硬いせいで道路の凹凸をいちいち拾い、カラダに応えるのには参ったが、ＢＭＷの宣伝コピーにFreude am Fahren（走る歓び）とあるとおり、ほんとうに運転は快感だった。そのせいで、どれだけ覆面パトカーのお世話になったことか……。

クルマが2台あってもカラダはひとつ。そんなに乗り回せるものではない。10年以上乗ったが走行距離は8万キロに届かなかった。

結局、手間だけかかって役に立たないじゃじゃ馬娘みたいなオープンカーは、涙をのんで手放した。エンジンも電動ルーフトップも何のトラブルもなかったのに、査定価格の安さに愕然とした。それでも生涯のうち十何年かのあいだ、じゅうぶんに楽しませてもらった。

STORY 21

中古別荘市場

60代の友人から相談を受けた。自然のなかに別荘を持つのが夢なのだけれど、この先、何年生きられるかわからない、投資をしようかどうか、迷っている、と。

生きているあいだにやりたいことがあるなら、やればよい、とわたしは賛成した。60代ならこのあと10年から20年、別荘ライフが楽しめる。どんなものにも終わりが来る。晩年のその期間を豊かに過ごせるなら、そしてそれを可能にする条件があるなら、何をためらうことがあるだろうか。そのために働いてお金を稼いできたのだから。

がんで急逝したわたしの男友だちは、ポルシェに乗るのが夢だった。手が届かない夢ではなかったのに、果たさずに死んだ。やりたいことをやらずに死ぬなんて、ばかなヤツ、とわたしは彼を悼んだ。

それに、八ヶ岳南麓にはこのところ、別荘の中古物件がおそろしく安い値段で出回っている。土地付き一戸建てが、500万円程度で手に入る。都会でマンションを買うことを思うと、信じられないような値段だ。伊豆や草津にはリゾートマンションがあって、1戸300万円ほどで手に入るというが、櫛の歯が抜けるように空き室が増え、管理も疎かになっていると聞いた。それだけでなく、都会のマンションから田舎のマンションへという移動は味気ない。自然のなかにいる豊かさは何ものにも替えがたい。

とはいえ……オーダーメイドの別荘は売りにくく、買いにくい。友人につきあって何カ所か見て回ったが、わかったのはオーナーのこだわりだ。個性的、と言いかえることもできるが、他人には理解しにくいこだ

BOOK
WORLD

わりと言ってもよい。なんでここがこうなってるの、という細部に対するこだわりを見るたびに、この別荘を建てた施主の夢や思いが伝わるが、他人と共有するのが難しい。日本の家屋がｎＬＤＫモデルに規格化されていることを不審に思ってきたが、だからこそ中古住宅市場が成り立っているのだろう。ちょうど、どの車種を借りてもただちに運転できるレンタカーのように、規格化・標準化されているからこそ、流通が可能なのだ。

なのに、中古別荘はそうでない。他人のこだわりには驚嘆するがそれに自分を合わせなければならない。わたしは海外生活で他人の家のサブレット（又貸し）を何度も経験したが、他人の生活の流儀を愛でられるのはそれが期間限定の滞在だからだ。暮らしの場となると、他人のこだわりはいちいちノイズになる。

八ヶ岳南麓の別荘はどれも歴史が浅い。軽井沢や蓼科のように戦前の親の代から別荘があって、子ども時代をそこで過ごした、というひとは少ない。たいがい定年近くになってからの移住だから、子どもたちはすでに成人しており、なかには夫婦ふたりだけの生活を前提に、子ども部屋のないお宅もある。親の別荘に子どもたちはなじみがなく、彼らがそれを受け継ぐとは考えにくい。事実、子どもたちはめったに来ない。それどころか、子どもたちは別荘を維持する経済力を失っているかもしれないのだ。

となると八ヶ岳の別荘は一代ものだ。それなら中古市場で流通させればよい。ある友人は通年居住をするために老夫婦が全館暖房を施した別荘を居抜きで買った。家具什器がすべてついていたから、すぐに住み始めることができた。16年使ってこれまた居抜きで売ったから、損はしなかったと思う。またある企業の保養所を見に行ったら、両翼に5室、計10室の大邸宅で真ん中には温泉のようなタイル貼りの、外の景色が見える浴場がついていた。土地付き3700万、合宿もできそうだと思わず手が出そうになったが、こんな建物、どうやって維持するのか、と思い直した。また富士山の絶景が眺望できる土地に、金持ちが贅をこらして建てた高級ホテルなみの居室を持った別荘を見に行ったが、じゅうたんにシャンデリアという成金趣味に辟易した。どの建物も帯に短したすきに長し、なかなかフィットする物件に出会えない。

ところで。わたしの家は書庫に特化している。特殊な建物だ。こんな建物、誰が使ってくれるのだろう？　60平方メートルのだだっぴろい空間があるから、デイサービスとか集会所にはなるかもしれない。だが玄関までのアクセスにある階段を、年寄りがどうやって上がってくるのか。

というわけでわたしの家も中古市場に投げ入れてもうまいマッチングがみつかりそうもない。それ以前に書庫を埋めた本、本、本……をどう処分すればいいのだろう？　終わりから数えたほうが早そうなカウントダウンの年齢を迎えて、思案投げ首の日々である。

STORY 22

おふたりさまから おひとりさまへ

八ヶ岳南麓に移住してくるひとたちは、60代前後だ。なかには60歳定年をくりあげて50代で移住するひともいるし、若いときから行ったり来たりしているうちに八ヶ岳に定住してしまったひともいる。定年が節目になるのは、退職金が建築資金になっているからかもしれない。60歳定

年、いまどきの感覚からすればいかにも若い。あと20年は元気でいられる。さあこれから土地を買い、家を建てようと思うにはエネルギーが必要だ。

移住してくるのはカップルがほとんどだ。子どもたちはとっくに自立しており、離れて住んでいる。カップルのどちらにも山梨に縁がなく、夫婦共にここを好きで選んだというケースが多い。お互いの出身地や縁者から等距離を置いて、互いにとって未知の土地で新しい暮らしを始めようというカップルには対等感があるし、何より夫婦仲がいい。

定年後の移住にはカップルの一方が配偶者を自分の地元に同行するケースがあるが、一方にとっては故郷でも、他方にとってはなじみのない異郷。ふるさとに帰ったほうには、地元のつながりがあり、親族縁者のネットワークがあり、なれしたしんだお国訛りも習慣もある。それに加えて老親の介護がついてくれば、妻たちに負担がまわってくる。定年を機に親元に帰るという男性は少なくないが、妻のほうは「あなたひとりでどうぞ、私は行かない」という選択をする場合もある。認知症の高齢男性が線路内に入り込んで事故死したために、JRから損害賠償請求された愛知の事件では、老妻が同居していたほか、遠くに離れた長男の妻が介護のために「単身赴任」して近くに移り住んでいたことを知った。その昔、長男が「親の面倒はオレが看る」というときには、その実「オレの妻（つまり長男の嫁）が看る」と同義だったのだけれど、最近の妻は「あなたの親はあなたが看てね、わたしはわたしの親の世話をしなければならないから」と言い放つ。これに抵抗できる夫たちも少なくなった。

山暮らしには男手も女手もいる。外回りや大工仕事、何より薪割りは男の仕事だ。日々のまかないや家庭菜園の世話、保存食づくりなどは女の仕事。性別を問わずなんでもこなすひともいるけれど、基本は助け合って生きるのが基本。男も女もまめでよく身体が動くことが条件だから、家ではお茶ひとつ自分で淹れないなどという男はここでは暮らせない。どのひとも多芸多才で、何をやらせても玄人はだしである。

あるひとは木工が得意でプロ並みの道具をそろえ、木工用の工房まで別棟に建ててしまった。日曜大工の域を超えて、テーブルや椅子まで作くってしまう。わたしはこのひとに鹿野苑の目印になる白樺製の白鹿を何頭もつくってもらった。来客には「白い鹿が目印です」と案内する。またあるひとは、絵画と陶芸が得意で、素人オペラの舞台にも立った。油彩の抽象画を何点も描きためて、ついにそれを展示する天井の高いギャラリーを自分の敷地に自力で建ててしまった。「見に来てください」とおっしゃるので拝見に行ったはよいが、うっかり褒めたばかりに、「1点どうです、さしあげますから」と言われて、「いやいや、こんな貴重なものを」と辞退するのに苦労した。玄人はだしとは言っても、しょせんは素人芸、このひとからもらった陶製の花瓶は水漏れがした。出演した舞台のビデオをえんえんと見せられるのにも閉口した。だが悪口を言ってはバチが当たる、このひとは地元の農家から畑を借りて本格的に野菜を栽培するようになり、わたしは散歩のついでに立ち寄ってはみごとに実ったお野菜をたっぷりいただいたのだ。またあるご夫婦は手づくりで煉瓦のピザ窯をつくり、毎年タネから仕込むピザパーティに招待してくださった。わたしはここで初めてりんごのピザをいただいた。

60代で移住してくるカップルも、20年も経てば経年変化する。カップルの一方がガンになったり、認知症になったり、加齢は防げない。夫が脳梗塞で半身麻痺になったペンション経営者のご夫婦は、事業を人手に渡して、関西にいる娘家族のもとへ移住していった。ひとり暮らしで都会に住む妻がときどき訪ねてきていた庭仕事の得意な男性は、ガンになってやはり都会の家族のもとへ帰った。大好きな山の家で夫を看取ったおひとりさまの女性は、気がついたら高齢者施設に入居しておられた。

かつて若くて元気だった猫の手クラブの面々も、しだいに助けてあげるひとたちよりも助けてもらいたいひとたちばかりになり、バランスが崩れて開店休業状態になった。

おふたりさまはいずれかならずおひとりさまになる。おひとりさまのわたしは、残されたおひとりさまがどんな選択をするのか、じーっと観察しているのである。

STORY 23

大好きな北杜で最期まで

60代で移住してくるひとたちは、元気で若い。八ヶ岳南麓を愛して、ここを「終の住処」と思って移住してくるが、本気で自分がヨタヘロ期になったときのことなど、考えていない。ヨタヘロ期とは、「ヨタヨタヘロヘロになる時期」を社会学者の春日キスヨさんが命名したものだ。わたしは、高齢者が住まいを選ぶときの条件は、医療・介護資源がその土地に備わっているかどうかだと説いてきたが、自分がこの土地を探したときには、これっぽっちもそんな条件は念頭になかった。多くの移住者にとっても事情は同じ。山が好き、自然が好き、山登りがしたいからこの地を選んだというひとは多いし、このわたしだって周囲に見える峰々はひととおり踏破した。いずれ自分が寝たきりになったら……なんて、少しも考えなかった。考えたとしても、老後は淡いもやの向こうにあった。

周囲で加齢していく仲間たちに聞いても同じだった。「いつまでもこの暮らしを続けられるとは思わないけれど……」の先は、ことばに詰まる。いずれおひとりさまになるのだろうか、そうなれば都会に戻って施設に入ることになるのだろうか、運転免許を返上すればここでの暮らしは成り立たなくなるだろうか……それまではここでの暮らしをせいぜい楽しもう、としかならない。

実をいうと、2004年に合併した北杜市は、長野県と県境を接する広域自治体で、最近まで医療・介護過疎地帯だった。たったひとり、親の代から有床診療所を経営しているドクターが往診もしてくれていたが、このドクター、地方選挙に出馬して政治家になってしまった。いずれかならず来る老後にそなえて、新住民のあいだで医療・介護をめぐる勉強会も開催されたが、いかんせん素人の集まり、アタマを寄せて議論しても手も足も出ない。よその地域の事例を持ち出してもよそはよそ、参考にはならない。移住してきた新住民のあいだには、配食サービスを自主的に行う「あったらいいネット」などの助け合いのグループもあるが、行政の支援もなく、継続の保証はない。弁当をつくるまではいいが、広域の配達業務の負担は大きく、そのうえ冬期の積雪や凍結路を走りまわるのはボランティアでは限界がある。

そこに60歳、還暦を迎えて東京から医師と看護師のカップルが移住してきた。妻は宮崎和加子さん。訪問看護師のパイオニアで、都内で長く訪問看護や認知症グループホームなどの事業を手がけてきたベテランである。加えて八ヶ岳南麓に移住してきた医師のカップルが「森の診療所」を開業した。さらに日本在宅ホスピス協会の創設者である川越厚医師が、引き寄せられるように移住してきて、そのクリニックの非常勤医になった。

60代の宮崎さんは老後だからといって、おとなしく晴耕雨読をしているような女性ではない。移住してきてからたちまち地元の福祉関係者とネットワークをつくり、北杜市に何が足りないかをリサーチした。事業計画を立ててグループホームを立ち上げた。在宅の高齢者のために訪問介護と訪問看護も事業化した。認知症デイホームも開設し、リハビリに特化したデイサービスも始めた。宮崎さんのつくった一般社団法人だんだん会は、6年のうちに7事業所、計75人のスタッフを擁する世帯にふくれあがっていた。そのおかげで北杜市は医療・介護資源の充実した「おうちでひとりで死ねる」地域に変わっていたのである。

宮崎さんはまきこみ力がハンパではない。地元で長く保健行政にたずさわり地域を隅々まで知っている退職保健師の中嶋登美子さんを引き入れた。宮崎さんのもとで働きたいと県外から来た看護師さんもいるし、地元の休眠看護師や介護職も次々に集まった。人材はいるところにはいるものだ。地域を変えるのは人だ、と言ってきたが、それを目の当たりにするような変化だった。

わたしも宮崎さんにまきこまれたひとりである。

移住族の奥さま方もまきこまれた。宮崎さんがおこした事業のひとつである高齢者のグループリビングの駐車場にベンツが停まっていたが、ランチづくりに来ている女性だと知って仰天した。夫たちも例外ではない。運転できる男性は、「週に1回でいいから」と頼まれてデイサービスの送迎を担当している。タダ働きではないが、地域最低賃金なみの有償ボランティアである。どのひともこれが楽しみとばかり、嬉々として働いていらっしゃる。

いまは支える側。それがいつか支えられる側にまわるだろう。ボランティアで働いている移住族たちは、これだけの医療・介護資源があれば、自分たちもこのままこの地で老いていけると考えているのだろうか。わたしのいまのテーマは「大好きな北杜で最期まで」。それにもちろん「おひとりさまでも」が加わる。

STORY 24

おひとりさまの最期

この八ヶ岳南麓で、わたしはおひとりさまの高齢男性を見送った。色川大吉さん。享年96歳。民衆史を唱えた歴史家で、明治の民権思想を広めるために日本中を走り回り、水俣の環境汚染問題にも石牟礼道子さんに請われて取り組んだ。反骨の反天皇制論者で、そのためか、数々の功績にも関わらず、ついに叙勲の対象にならなかった。定年退職後もどこからも公職のお呼びがかからず、それを誇りにした。

わたしが50代で衝動的に八ヶ岳の土地を買ったあと、「あの土地、どうするつもりだい？」と訊かれた。「そうねえ、寝かしておいてそのうち考えるわ」と答えたら、70代になっていた色川さんは「キミのこれから10年とボクのこれから10年はちがうんだ」と応えて、退職金を注ぎ込んでさっさと家を建てた。わたしは土地をハイジャックされた感じである。建築確認書を見たら、土地の住所の記載はあったが、地権者の名前を書く項目はなかった。これなら誰の土地でも建築確認書は通ってしまうことになる。わたしの書庫兼仕事場は、同じ敷地内に、色川邸と隣接して建っている。

移転当時、色川さんはかつての冒険的なシルクロードの旅先で得たらしいＣ型肝炎が進行中で、「終着駅は肝がんですなあ」と医者から宣告されていた。江戸から京都までの東海道中に喩えれば、γ《ガンマ》ＧＴＰの値が「いまは浜松あたりですかね」「まだ名古屋には行っていません」という会話を医者と交わす状況だった。それが転地と療養が効果をもたらしたのか、血液中の肝炎ウィルスがあれよあれよと減少していき、ほとんど気にしなくてもよいレベルに低下した。

色川さんは旧制高校山岳部仕込みの山男。元京大ワンゲル女子のわたしとは山行のよいパートナーだったし、海外のスキー場にも出かけるスキーメイトだった。清里スキー場は自宅からゲレンデまでクルマで15分。毎朝一番にやってくるご常連の仲間たちのなかでは最年長で、「色川さんがいるあいだはボクらもまだまだだいじょうぶ」と銀髪のスキー仲間たちを励ます存在だった。わたしもしょっちゅうお供したが、最後にスキー場に立ったのは92歳。わたしもその年齢までは行けるだろうか、と期待するが、戦前に鍛えた足腰にはかなわない。

その色川さんが室内で転倒し大腿骨骨折をしたのが2016年。入院手術をかたくなに拒んで在宅療養となった。そのときまでに前項で伝えた訪問介護、看護、医療の人材が北杜市にそろっていたのが僥倖《ぎょうこう》だった。定期巡回随時対応型短時間訪問看護介護を担ってくださる一般社団法人だんだん会がスタートし、その利用者第1号だったと思う。

それから3年半。家族と縁の薄かった色川さんの、介護保険利用のキーパーソンにわたしがなった。施設入居はもとより、デイサービスもショートステイも拒否した。朝昼晩と1日3回訪問介護に入ってもらい、訪問入浴にも入ってもらった。日本の介護保険のすばらしさに目を瞠《みは》った。訪問客には、「このひとは介護の専門家で」とわたしを紹介した。それにはちがいない。それに加えて「上野さんは、いま、理論を実践中です」とユーモラスにつけ加えた。ぐうの音も出ない。

これなら在宅おひとりさまで最期まで……この地にいられるのではないだろうか？　クルマの免許証を手放しても、どのみち外出はできない。困ったのは山麓では数年に一度、ヘルパーさんのクルマも近づけない大豪雪が来ることだ。「そのときはどうしましょうねえ」とケアマネに問われて、手の届くところに非常食や飲み物を置いて、レスキューが来るまでの数日間、しのいでもらおう、ということになった。なに、戦争体験のある世代だもの、この程度の苦難には耐えてもらえるだろう、と。

車椅子生活になって3年半。そこにコロナ禍が重なった。東京と八ヶ岳のあいだを行ったり来たりしていたわたしは、山の家に「疎開」し、ほとんどの仕事がオンラインになった。それから色川さんの療養生活を見守るのが、わたしの仕事になった。

もともと色川さんもわたしもひとり暮らしが長く、「おひとりさま耐性」が高い。他人に会わなくても苦にならない。コロナ禍がもたらした静謐のもとで、四季の移ろいをじっくりと体感しながら色川さんに寄り添う日々は至福だった。好き嫌いのはげしい、あの狷介孤高《けんかいここう》の老人が、なぜだかわたしには「なついた」のだ。

わたしと色川さんの年齢差は23歳。「わたしが最期を迎えるときにも、23歳年下の誰かが寄り添ってくれるかしら」とふと口にすると、「だいじょうぶだよ、キミはだいじょうぶだよ」と根拠のない楽天的な答えが返ってきた。そうあってほしい。

あとがき

50代で土地を買って、家を建てた。ずっとアパートやマンションを転々とする暮らしだったので、自分が土地付きの家を建てることになるとは思いもよらなかった。地価の高い都内に建てることは想定のうちになかった。八ヶ岳南麓という自然に恵まれ、都内にも近い、地の利のある土地に魅せられた。

それからおよそ20年余。勤務先のある東京と家を建てた八ヶ岳の南麓を往復する二拠点生活に入った。幸いに大学教師という職業には、夏休み、冬休み、春休みと長期の休暇がある。そのおかげで、春夏秋冬、まとまった時間を過ごすことができた。田舎暮らしというが、地元民のコミュニティに参入するわけではない。パソコンさえあればどこでも仕事ができる、自然のなかの都会暮らしである。

衝動的に買った土地にツーバイフォーの輸入住宅を建て、年間を通じて折々に過ごすようになると、土地の魅力にめざめた。まるで一目惚れして一緒に暮らし始めた相手が、想像した以上に魅力的だったことに日々気づいて、おトクな気分になるようなものだった。山国の遅い春の美しさとうれしさったらないし、春から夏にかけて緑が濃くなっていくのは生命が沸き立つ思いだし、葉を落としてしだいに明るんでいく秋の森を枯葉を踏みながら歩くのは至福だし、何より怖れていた冬は、寒空の明るさとピリリとくる冷気まで最高だった。とはいえ、暮らして初めて知ったり気づいたりした、自然暮らしのきびしさやトラブルも経験した。その詳細は本文を読んでほしい。

本やエッセイをたくさん書いてきた。だがプライベートな暮らしについては、これまでほとんど書いてこなかった。請われて情報誌に連載を持つことになり、この20年ばかりの経験を書いてみたくなった。これだけ時間が経てば、ベテランの二拠点生活者と呼んでもいいだろう。これから二拠点ライフをしたいと思うひとにも役に立つかもしれない。連載のあいだ、あきれたり笑ったりしてくださった読者に感謝したい。そして山口はるみさんのイラストは、この連載に毎回はっとする驚きと彩りを添えてくださった。

最後に、連載中の担当編集者、水間健太さんにはほんとうにお世話になった。連載中から単行本にしましょうと言ってくださった稲葉豊さんにも御礼を言いたい。長い間憧れだった山と溪谷社から、初めて本を出すことになってうれしい。

上野千鶴子

著　者

上野千鶴子

うえの・ちづこ

1948年富山県生まれ。社会学者、東京大学名誉教授、認定NPO法人ウィメンズアクションネットワーク（WAN）理事長。女性学およびジェンダー研究の第一人者。京都大学在学中はワンダーフォーゲル部に所属。約20年前に山梨県八ヶ岳南麓に家を建て、現在は東京と山梨の二拠点生活を送っている。おもな著書に『近代家族の成立と終焉』（岩波書店）、『おひとりさまの老後』（文藝春秋）、『最期まで在宅おひとりさまで機嫌よく』（中央公論新社）などがあるが、プライベートな暮らしを綴ったエッセイ集は本書が初めて

イラストレーション

山口はるみ

やまぐち・はるみ

島根県松江市生まれ。イラストレーター。東京藝術大学油画科卒業後、西武百貨店宣伝部、ヴィジュアルコミュニケーション・センターを経てフリーランスに。1969年、パルコのオープンと同時にその広告制作に参加。エアブラシを用いたスーパーリアルなイラストレーションを描く。東京ADC賞受賞。ニューヨーク近代美術館、川崎市市民ミュージアム、CCGA現代グラフィックアートセンターなどに作品が収蔵されている

初　出

『てんとう虫／express』（現『SAISON express』）
1コロナ禍の山暮らしで：2021年9月号／2いつのまにか山梨愛に……冬の明るさを求めて：2021年10月号／3花の季節：2023年5月号／4ガーデニング派と家庭菜園派：2022年5月号／6冷房と暖房：2022年3月号／7上水と下水：2022年4月号／8虫との闘い：2022年6月号／9八ヶ岳鹿事情：2022年7・8月号／10夏の超簡単クッキング：2022年9月号／11ゴミをどうするか？ それが問題だ：2022年12月号／12本に囲まれて……：2021年11月号／13移住者のコミュニティ：2021年12月号／14猫の手クラブの人々：2022年2月号／15銀髪のスキー仲間：2022年1月号／16大晦日家族：2023年1月号／17オンライン階級：2022年11月号／18多拠点居住：2023年2月号／19免許証返上はいつ？：2022年10月号／21中古別荘市場：2023年6月号／22おふたりさまからおひとりさまへ：2023年3月号／23大好きな北杜で最期まで：2023年4月号／24おひとりさまの最期：2023年7・8月号

5蛍狩り：NHK出版ウェブ連載『マイナーノートで』#15「蛍狩りと鮎」から改稿（2022年6月22日）
https://nhkbook-hiraku.com/n/n230569a55855／20クルマ道楽：書き下ろし

ブックデザイン＝吉池康二（アトズ）
校正＝與那嶺桂子
編集＝稲葉 豊（山と溪谷社）

八ヶ岳南麓から

2023年12月10日　初版第1刷発行
2024年 3 月 5 日　初版第3刷発行

著　者　上野千鶴子
発行人　川崎深雪
発行所　株式会社 山と溪谷社
〒101-0051
東京都千代田区神田神保町1丁目105番地
https://www.yamakei.co.jp/

□乱丁・落丁、及び内容に関するお問合せ先
山と溪谷社自動応答サービス　TEL.03-6744-1900
受付時間／11:00〜16:00（土日、祝日を除く）
メールもご利用ください。
【乱丁・落丁】service@yamakei.co.jp
【内容】info@yamakei.co.jp
□書店・取次様からのご注文先
山と溪谷社受注センター
TEL.048-458-3455
FAX.048-421-0513
□書店・取次様からのご注文以外のお問合せ先
eigyo@yamakei.co.jp

印刷・製本 株式会社シナノ

Printed in Japan ISBN978-4-635-33079-4